# 더 성숙한
# 내가 되는 법

# 더 성숙한 내가 되는 법

김유신 지음

# 목차

## 2장. 행복하려고 하는 게 사랑

## 3장. 성숙한 사랑을 위한 조언

## 4장. 좋은 사람이 된다는 것

# 프롤로그

"유신님 왜 이제야 알려주셨어요?"

그동안 내가 작업한 영상을 보면서 한 구독자가 한 말이었다. 우린 늘 최선이라고 생각되는 선택을 한다. 그러나 때때로 그 선택은 시간이 지나면서 잘못된 생각이라고 느껴지기도 한다. 더 좋은 선택은 따로 있었다며. 약 80년 전, 데일 카네기의 인간관계론이 처음 세상에 출간됐을 때 굉장히 많은 사람들이 이 책을 읽었다. 필자 역시 그 책을 정독하며 타인을 대하는 자세에 관한 많은 지혜를 얻었다. 그러나 시간은 멈추지 않고 계속 흘렀고 이미 많은 사람들은 관계를 현명하게 대할 줄 아는 경지에 이르렀다. 적어도 인간관계론에 근거했을 때는 그렇다.

이미 너무 많은 사람이 이 방법을 알았다는 건, 그게 더는 특별하지 않다는 것을 의미하기도 한다. 우리가 고등학교 때 이미 배운 '수학의 정석' 수준의 수학 지식은 조선시대 시절의 관점으로 보자면 집현전 최고의 학자 수준을 뛰어넘었을 것이다. 또 조선시대에 장원급제를 이룰 정도의 선비가 고조선 시대로 타임리프를 한다면 단군왕검의 옆자리를 보필하기에는 너무나 과분했을 것이다.

관계를 어떻게 대하면 되는지를 이미 우린 너무나 잘 알고 있다는 말이다. 하지만 정작 그 속에서 피어나는 '감정'을 다루는 방법은 모른다. 그저 감정을 조절해라, 참아라, 차분함을 유지하라는 말만 있을 뿐이다. 마치 '참는 것'이 정답이라는 듯이. 무작정 참고, 참아지지 않을 때는 피하는 게 유일한 정답인 걸까?

나는 이 책을 통해, 그저 감정을 참는 게 아니라 감정을 다루는 방법을 공유하고 싶다. 사람들은 절대 단독적으로 감정을 느끼지 않는다. 가만히 있다가 아픔을 느끼고 가만히 있다가 즐거움을 느끼고 가만히 있는 데 슬픔을 느끼지 않는다. 어떠한 상황이 주어지게 되고, 상황 속에서 피어나는 생각이 우리의 감정을 결정한다.

똑같이 친구에게 실망스러운 말을 듣더라도 어떤 사람은 화를 내고 어떤 사람은 화를 내지 않는다. 우리는 같은 감정을 느끼지 않기 때문이다. 보통은 가까운 사이일수록 그저 감정적으로 굴기에 급급하다. 그렇기에 상처받지 않기 위해서는 냉철한 상황판단과 올바른 생각을 해야 한다. 생각을 통해 감정을 다치게 하지 않으면 감정을 다룰 수 있게 된다. 현명하게 다뤄야만 관계는 더욱 좋은 방향으로 흘러간다.

앞으로는 여러분이 그저 상처받고 도망치듯 회피하는 게 아니라, 똑똑하게 관계를 마주하며 더욱 사랑받는 지혜로운 사람이 되길 간절히 바란다.

# 1장

# 누구나 관계에 아파한다

# 무조건 최선을 다하는게 답이 아니다

나는 어릴 적부터 외로운 시간을 보냈다. 학교 수업이 끝난 뒤 집에 오면 따듯한 온기를 채우는 건 나였다. 부모님은 사업 때문에 바쁘셨다. 우리 집 식탁에는 부모님과의 식사 대신 용돈이 올려져 있었다. 그렇게 나의 외로움은 더욱 커져만 갔고 타인의 온기가 필요했다.

타인에게 사랑받고 싶었던 어린 시절의 외로움 때문이었을까. 그 뒤로 타인을 대할 때마다 인정받기 위해 애쓰면서 살아갔다. 학창 시절에는 늘 손을 번쩍 들어 모르는 것도 아는 체를 했다. 그저 선생님과 눈이 마주치는 것이 좋아서. 조금이라도 더, 내 모습을 기억해주기 바랐다. 친구들 사이에서도 '떡볶이 잘 사주는 친구'라는 별칭이 붙었는데, 그건 그만큼 친구들과 함께 시간을 보내길 원해서였다. 그렇게 타인에게 인정받는 삶이, 곧 나를 위해 살아가는 삶이라고 생각했다.

어릴 적 습관은 내가 성인이 되어서도 사라지지 않았다. 남들에게는 무조건적인 이해를 하거나 나를 희생하면서까지 관계를 이어갔다. 상대방이 원하는 것을 맞춰주고, 그들이 바라는 것들을 이해하려 노력했다. 한 번이 어렵지 두 번은 쉽다고 했던가? 나는 이미 이해하고 맞춰주는 데에 익숙해져 있었다. 그렇기에 남들은 희생이라 여기는 것도 나는 별로 대수롭지 않게 생각했다.

나는 이것이 어릴 적에 찾은 인생의 정답이라고 생각했다. 그러다 22살 4월, 봄바람이 따듯하게 불 무렵의 매우 화창한 날씨는 나의 정답을 뒤바꿔놓았다. 오랜만에 대학교 때부터 서로 단짝이라고 생각하던 친구를 건대입구역 2번 출구에 있는 카페에서 만났다. 이 친구는 늘 이성적이고 현실적이며 야망이 있는 친구였다. 내가 처음 대학에 들어가던 날, 함께 진로를 고민해주며 나의 중심 같은 사람이 되어주며 가까워졌다. 이 친구는 나를 보자마자 무심코 한 마디를 툭 던졌다.

"너는 참 하나도 변한 게 없네. 안 힘들어?"

친구는 얼굴을 마주하자마자 나의 안부를 묻는 듯 그 말을 건넸으나, 그 말은 매우 날카롭게 들렸다. 그저 한 마디를 했을 뿐인데 나는 마치 매트릭스 세상 속에 들어갔다 나온 듯, 찰나의 순간 동안 나 자신을 굉장히 돌이켜보게 됐다.

이 친구는 나의 대학 새내기 시절을 누구보다 잘 알고 있는 친구였다. 내가 다른 친구들을 어떻게 대하는지, 여자친구를 만날 때 어떤 행동을 하는지, 모두 다 알고 있었다. 하지만 그때마다 이 친구는 말을 아꼈다. 어쩌면 나는 그동안 결핍을 모른 척하며 회피했을지 모른다. 하지만 이 친구는 내가 느끼던 결핍을 알아본 것일까? 그게 무슨 말인지 조금 더 설명해달라고 했다.

"네 인생이 없잖아. 남들은 매 순간 고맙다고 널 좋게 보더라도, 그건 그 순간뿐 아냐? 네 삶의 주체는 너잖아. 그러니까 남이 아닌, 너 스스로가 널 사랑해줬으면 좋겠어. 왜 항상 순간을 살려고 하는지 난 이해가 가지 않아. 순간 느끼는 행복을 위해서 인생을 포기할 것도 아닌데 왜 그렇게 살아?"

이날은 나의 인생을 바꾸는 날이 되었다. 그 뒤로 사람을 만날 때도, 연애를 할 때도 이 말은 나만의 명언이 되어 삶을 다시금 살아가게 만들었다. 그렇게 약 7년이 지난 지금. 나는 이제서야 그 의미를 제대로 이해할 수 있게 되었다. 이 친구의 말에 좁은 의미로 해석할 때, 그저 남을 위해 살듯 더 이해하고, 더 맞춰주며 사는 게 아니라 나를 위해 살아야 한다고 이해할 수 있다. 또한, 나를 위해 살아가는 방법은 나 자신을 스스로 사랑하고 조금은 타인에게 미움받더라도 나 자신을 지키는 것이다. 하지만 넓은 의미로 해석한다면, 타인을 이해하거나 마음을 베풀 때 내 마음도 생각해보는 게 중요하다는 말로 받아들일 수 있게 된다. 어릴 적의 나는 상대방에게 맞춰주면 그 사람 역시 나에게 맞춰줄 거라고 막연하게 생각했었다. 하지만 내가 타인에게 10만큼 마음을 준다 하더라도, 누군가는 그 마음을 1이라 느끼기도, 100이라 느끼기도 한다는 것을 알았다.

선물도 그렇다. 나는 정성이 중요하다고 생각하여 몇 날 며칠을 정성 들여 목도리를 떠다 줬지만, 상대방은 명품을 좋아한다면 아마 내 정성은 보상받지 못할 것이다. 그저 내가 남에게 인정받기 위해 내 것을 모두 내어주는 게 아니라, 내가 줄 수 있는 것 중 상대방이 크게 가치를 느끼는 것을 적절하게 베푸는 것. 그게 현명한 최선이라고 믿는다.

무조건 최선을 다하는 게 아니라.

# 관계는 벽에 붙어있는 끈이 절대 아니다

한때 나는 이성을 잘 안다고 생각했던 적이 있었다. 평소에 관심이 많았으니까. 언젠가 여자친구를 만날 때 한 번은 그랬다. 평소처럼 약속을 잡고 설레는 마음으로 강남역으로 향했다. 그날도 어김없이 내 여자친구는 너무나 아름다웠다. 우린 인사를 한 뒤 깍지를 포개어 손을 잡았다.

"어? 네일아트 달라졌네?? 훨씬 잘 어울려."

나는 3초도 채 안 되는 순간 말을 건넸다. 여자친구는 매우 놀라며 컬러만 살짝 바꾼 건데 티가 나냐며 들뜬 마음으로 나에게 되물었다.

“진짜? 이거 알아본 사람 유신이 네가 처음이야.”

“당연하지. 그때는 조금 밋밋했는데 이건 피부색이랑 더 잘 어울려.”

여자친구는 놀라는 눈치였지만 사실 나에겐 그렇게 어려운 일이 아니었다. 이성을 이해하기 위해서 관심을 가지고 노력을 해오던 사람이었으니까. 그래서 난 내가 그들을 잘 안다고 생각하고 있었다. 하지만 너무 자만했던 탓일까. 처음엔 나를 알아봐 주는 모습이 너무 좋다고 말하는 여자친구와 조금씩 멀어지고 있었다. 우린 서로 약속한 건 아니었지만, 기꺼이 약속이라도 한 것처럼 매일같이 전화했었다. 매일 저녁 9시는 여자친구와 통화를 하며 하루를 마무리하는 시간이었는데, 언젠가부터 이상함을 느끼기 시작했다. 어느 날부터 9시 5분이 되도록 전화벨은 울리지 않았다. 평소 카톡을 할 때도 소통하길 좋아하는 사람이었으나 그것 역시 미지근해졌다.

대화가 필요하다고 직감했다. 그녀에게 만나자는 메시지를 보냈다. 나는 여자친구가 퇴근 후 항상 지나치는 반포역 1번 출구 앞에서 그녀를 기다렸고, 머지않아 계단을 올라오는 여자친구를 볼 수 있었다. 우리는 바로 앞 공원에 앉아 여느 때와 다를 거 없는 대화를 시작했다. 내 촉이 이상했던 걸까? 우리는 서로를 바라보며 대화하지 않고 하늘만 바라보며 대화를 이어갔다.

"근데... 지금도 나 많이 좋아?"

순간 여자친구의 말을 자르고 눈을 마주치며 얘기했다. 잠깐의 정적이 흘렀고, 끝내 여자친구는 땅을 보며 입술을 깨물었다. 곰곰이 생각하다가 말하듯 한 마디를 내뱉었다.

"너랑 만나는 거... 로봇이랑 만나는 느낌이야. 너랑 연애하면 무슨 느낌인지 알아? 냉정하지 않은데, 냉정해."

도저히 이해할 수 없었다. 나는 그녀를 누구보다 행복하게 해주기 위해 공부하고, 최선을 다했을 뿐이었는데. 하지만 그것도 잠시, 그녀의 말이 이어졌다.

"유신아, 너는 내가 무슨 말을 하면 대답이 꼭 정해져 있던 것처럼 나오더라. 마치 정답을 얘기해야 한다고 생각하듯 말야."

우리 관계를 위해 했던 이해와 노력들에 대한 혼돈이 오기 시작했다. 머리는 떨궈졌고 시선은 흔들렸다. 그렇게 아주 길다고 느껴진 순간이 불과 3분이 채 되지 않았을 때. 나는 본능적으로 그 사람을 붙잡았다. 그저 감정적으로만 행동할 수밖에 없었다.

"난 도저히 이해가 안 가. 네 마음을 누구보다 잘 알아준다고 좋아했잖아. 근데 나한테 어떻게 이래? 내가 잘못한 것도 아니잖아. 그냥 난 널 행복하게 해주기만 했잖아."

여자친구는 즉시 수긍하며 이렇게 말했다.

"맞아, 넌 날 행복하게 해주기만 했지. 행복을 느끼진 못했어. 그만 만나자."

그 순간에도 본능은 있었는지, 더 이상 붙잡아도 소용없다는 걸 직감한 나는 여자친구의 말을 받아들였다. 그리고 먼저 떠나가는 뒷모습을 쓸쓸히 바라볼 수밖에 없었다. 그날 벤치에 앉아 얼마나 시간을 보냈던 걸까. 한참 뒤에 나는 그저 뿌옇게 낀 안개를 헤치며 집으로 돌아갔다.

이 이별은 그 당시엔 굉장히 충격적인 일이었다. 그때는 그저 억울함뿐이었다. 상황은 다르지만 누구나 비슷한 경험은 있기 마련일 거다.

'나는 그저 관계에 최선을 다했을 뿐인데, 돌아오는 건 행복이 아닌 절망.'

왜일까. 수없이 고민했고 끝내 답을 찾을 수 있었다. 나는 인생에서 정답이라고 배운 것 중 하나에서 이유를 찾게 되었다. 그것은, 어릴 적부터 그저 최선을 다하고 열심히 하면 결과도 좋아신다고 배워왔던 것. 이게 정확한 이유다.

매일 2시간씩 공부를 하면, 절대 성적이 떨어지는 일은 없다. 또 매일 2시간씩 피아노를 열심히 치면, 결국 피아노를 잘 치게 된다. 그것을 넘어 영혼을 갈아 넣는 만큼, 우린 결과가 좋아지는 것을 경험한다. 하지만 절대 관계는 그렇지 않다는 것을 난 몰랐던 거다. 관계가 아닌 것들은, 마치 벽에 달린 끈을 잡아당기는 행위와 같다. 세게 잡아당길수록 문은 열리기 마련이다. 그러나 관계는 서로가 잡고 있는 끈이었다. 하지만 난 상대방이 함께 끈을 잡고 있다는 것을 몰랐고, 그저 끈을 잡아당기기 바빴을 뿐이었다.

나는 우리 관계와 그 사람을 위해서라고 믿으며 끈을 잡아당겼다 (물론 좋은 쪽으로 행동하며 싫어하는 것들을 하지 않았다). 그러나 나는 끈을 잡고 있는 그 사람의 표정을 보지 못했고, 얼마나 저린 손으로 끈을 잡고 있는지는 보지 못했다. 그저 여자들이 좋아하니까 이 사람도 좋아하겠지? 이건 여자들이 싫어하니까 이 사람도 싫어하겠지? 하는 단순한 문제가 절대 아니었다.

아무리 과한 호의도 지나치면 부담이 되는 법이고, 아무리 옳은 것이라도 누군가에게는 틀림이 된다는 것을 깨닫지 못했다.

정답을 찾은 날. 나는 어떻게 관계를 대하는 것이 현명한지를 바로 알게 되었다.

'내가 옳다고 생각하는 것들을 그 사람도 옳다고 생각하는가?'

이게 관계를 대하는 현명한 방법의 첫 시작이었다. 끈을 당기기 전, 그 사람도 옳다고 생각한다면 자연스럽게 끌려온다. 잠깐 다시 여자친구의 이야기로 돌아가 보자면, 내가 옳다고 생각한 건 남들이 생각할 때 교과서라고 판단할 수 있는 행동을 하는 것이었다. 그러나 여자친구가 원했던 건, 정답이 아닌 나의 감정을 세심하게 느끼는 것이었다. 사람이 느끼는 감정에 정답은 없으니까, 그 사람은 멀어지는 게 당연하다. 그리고 나는 겉으로는 1등 남자친구로 비쳤겠지만, 적어도 유일한 한 사람에게는 꼴등 남자친구였을 것이다.

연인 사이에 일어나는 사소한 예를 하나 더 들어보겠다. 연락을 잘해주는 건 연인 사이에 매우 중요한 일이 될 것이다. 나는 연인 사이에 연락이 잘되는 건 매우 중요하다고 생각하지만, 상대방은 연락보다 중요한 건 서로가 맡은 일에 제대로 해내는 거라면? 그럼 당연히 상대방은 일이 잘 안 풀릴 때, 연락보다 일을 우선시할 것이다.

하지만 난 그저, 나를 중요하게 생각하지 않으니까 연락하지 않는 것이라고 판단한다. 그 사람은 나를 좋아하지 않아서가 아닌데. 나보다 중요한 게 있는 것도 아닌데 말이다. '연락' 보다 중요한 게 '일'이었던 것인데, 내 마음이 내가 중요하게 생각하는 것이 곧 나라고 생각하게 만든 것이다. 그러다 보니 그저 나를 안 좋아하는 거라고 착각하고 만다.

만약 그 사람이 중요하게 생각하는 것과 내가 중요하게 생각하는 것이 일치했다면. 어느 한 쪽도 서운할 일은 없었을 것이다. 이처럼 관계를 현명하게 맺는다는 것은 내가 당겨야 할 때와 당기지 말아야 할 때를 제대로 구분하는 것. 그리고 그 기준은 서로 옳다고 생각하는 것과 옳다고 생각하지 않는 것들을 바르게 이해하는 것에서 출발한다.

# 놓을 때는 여유롭게
# 당길 때는 강하게,

고등학교 때의 일이었다. 그 당시 나에겐 늘 가까이 붙어 다니던 친구가 있었는데, 그 친구는 항상 나를 믿고 내 편이 되어주던 아이였다. 언젠가 한 번 굉장히 놀란 적이 있었다. 질이 나쁜 친구 중 한 명이 내 친구를 비아냥대며 놀리던 때였다. 그 친구는 화가 날 법도 하지만 차분한 표정으로 일관하며 그저 화가 난 친구의 말을 듣고 있었다. 나라면 화가 나서 주먹질을 했을 법도 한데, 그러지 않았던 친구의 마음이 궁금해서 물어봤다.

“넌 어떻게 화를 한 번 안내? 괜찮았어?”

그 친구가 대답했다.

“야, 똥이 더러워서 피하지 무서워서 피하냐고 하잖아? 근데 반대로 생각해봐. 내가 피하지 않고 부딪히는 건 나도 똥이 되는 거라고 생각하니까 괜찮던데?”

이 친구의 말을 듣고 난 얼마 뒤, 사람 관계는 강하게 부딪혀야 할 때와 약하게 풀어줘야 할 때를 구분하고 대처하는 게 현명한 것이라는 걸 배우게 되었다.

앞의 글에서 연애를 한다는 건 마치 둘 사이의 끈을 잡고 있는 것과 같다는 이야기를 했다. 대부분의 사람들은 끈을 잡고 풀어줘야 할 때와 잡아당겨야 할 때조차 구분하지 못한다. 예를 들어 3시간 동안 연락이 안 되는 애인 때문에 '언제 연락하나 보자...'라는 마음을 가진 채 기다리는 여자가 있다. 이 사람은 스스로가 충분히 기다렸다고 생각하기 때문에

“왜 이렇게 연락이 없어?”

라는 퉁명스러운 말을 던진다거나 답장이 오는 순간 삐진 걸 티 내기 바쁠 것이다. 하지만 좀 더 타인을 이

해를 할 수 있는 여성들은 다음과 같은 말과 마음으로 이해를 한다.

"애는 일하면서 핸드폰을 볼 수 없는 환경이 있잖아. 그러니까 이해할 수 있어."

이게 조금은 더 성숙하게 관계를 대하는 태도가 아닐까. 내가 상대방의 상황을 충분히 이해할 수 있는 여유가 된다거나 혹은 상대방과 대화를 하면서 상황을 이해하는 식으로 조율을 하는 것. 하지만 이 역시 정답이 아니다. 이건 분명 차선책이지 최선책이 아니라는 말을 하고 싶다. 만약 여러분이 이런 태도로 상대방을 이해하려고 애쓴다면, 그 끝에서는 한없이 이해하게 되거나 관계 안에서 나를 잃어버리는 느낌을 경험할 것이다.

나는 타인을 이해할수록 스스로를 잃어버린 경험을 한 적이 있었다. 서운함을 느끼는 부분에 서운할 게 아니라고 말을 하는 애인이었는데, 지금 보면 그때의 난 가스라이팅을 당했던 거라고 생각한다. 평소 나는 이해심이 많은 터라, 상대방의 입장을 잘 헤아리고 웬만한 건 이해하는 평화주의자 성격이었다. 그때도 그랬다. 한 번은 데이트를 하던 중, 꽃을 들고 지나가는 여자를 보며 싸운 적이 있었다.

“와 저 여자 진짜 부럽다... 남자친구가 꽃 줬나 봐. 나는 또 언제 받아보나~”

그 말을 들은 순간 내 마음은 날카로워졌다.

“너는 왜 굳이 그 이야기를 나한테 하는 거야?”

평소에도 다른 남자들의 자랑거리를 나한테 이야기했던 터라, 더욱 예민하게 반응했다. 그렇게 싸움으로 번져가던 중, 워낙 말을 잘하는 친구라 나도 모르게 설득당했고 부러울 수 있겠다고 이해하게 되었다. 하지만 그게 몇 번이나 반복되었을까, 여자친구가 평소 이기적으로 행동했던 것들까지 전부 이해하게 된 나를 보게 되었다. 나는 우리의 관계를 더 잘하기 위해 이해한 것뿐인데, 그럴수록 자기 기준에 맞추며 이기적으로 변해가는 여자친구를 목격하게 되었다.

이게 내가 경험한, 최선이라고 믿었던 차선의 연애였다. 만약 내가 그때로 돌아간다면, 분명 끈을 잡아당기며 이해하지 않았을 것이다. 끈을 풀어줘야 할 때와 잡아당겨야 할 때는, 곧 이해를 해야 할 때와 이해하지 말아야 할 때를 의미한다.

이때 딱 한 가지만 기억하면 된다. 상대방의 말을 듣고 그럴 수 있겠구나 하고 이해하는 데서 그치는 게 아니라, 한 가지를 더 생각해야 한다. 상대방이 그런 선택을 하는 상황에서 나를 서운하게 만든 결과를 초래한다면 그건 절대 끈을 풀어주며 이해하는 것이 아니라는 것. 필요한 경우 끈을 잡아당기며 싸워야 한다는 것. 정말을 못 하겠으면 빽빽 소리라도 지르길 권한다.

잠깐 내가 경험했던 여자친구의 이야기로 돌아가 보자. 그녀는 처음 싸웠을 때 당시만 해도, 늘 비교를 하며 넌지시 '너도 이런 거 해줘'라고 돌려 말하는 태도를 보였다. 만약 여자친구와 싸우던 중, 말을 듣고 이해하는 것에서만 그쳤다면,

“아... 꽃 받는 걸 좋아하는구나… 내가 이렇게 해 주길 바라는 거구나!”
“내가 다음에는 해 줘야겠다!”

라고 생각하며 넘어갈 것이다. 전형적인 착하고 호구 같은 남자가 보인다. 하지만 만약 이해하는 데에서 그치는 게 아니라, 여자친구가 '부럽다~ 나는 언제 받아보나!'라고 말을 하는 상황에서 '나'를 어떻게 대했는지를 생각한다면. 나는 분명 이해하는 게 아니라고 판단했을 것이다.

문제가 된 부분은 여자친구가 느낀 감정이 아니라 감정의 표현 방식이다. 여자친구는 '본인도 꽃을 받고 싶은 부러움'의 감정으로 인해 '부러움을 사기 위한 강요'를 한 건 아니었을까? 만약 여자친구가 “와 저 여자 부럽다~ 내 남자친구한테는 꽃 받아본 게 언제였는지...” 라고 말하는 게 아니라,

“우와! 저 여자 꽃 받았나 봐! 자기야 나도 꽃 사주면 안 돼?”

이런 말을 했다면, 그건 강요가 아니라 나에게 부탁을 한 것이니까 백번 이해할 수 있다. 결국 맞춰줘야 할 때와 맞춰주지 않아야 하는 순간의 판단은 '존중의 태도'가 있느냐 없느냐로 판명된다. 상대방이 나를 서운하게 하는 언행으로 나를 존중은 하되 서운하게 만들었다면 그건 이해해주는 게 현명하다. 그 사람도 최선으로 어쩔 수 없는 선택을 한 것이었을 테니까. 하지만 나를 존중하지 않으며 내리는 결정이라면, 절대 이해하지 말아야 한다.

잘 기억하자. 한 번이 어렵지 두 번은 쉽다. 상대방 입장에서도 한 번 이해시키기가 어렵지 두 번을 이해시키기는 쉽다. 맞춰주지 말아야 할 것을 맞춰주는 순간, 관계는 내 바람과는 다른 길로 흘러간다.

# 사랑은 맞춰가는 거야, 라는 말의 참뜻

평소에 내가 모르던 새로운 사람을 만나게 되면, 우리는 수십 마디의 대화를 나누게 된다. 나 역시 새로운 사람을 만날 때마다 새로운 대화를 하게 되는데, 그때마다 꼭 빼놓지 않고 하는 질문이 있다.

"규리 씨는 어떤 사람을 좋아해요?"

이런 한 200명쯤에게 이런 질문을 해왔을까. 그중 80%는 이렇게 대답했다.

"나와 잘 맞는 사람이 좋아요."

혹여나 이 대답이 나오지 않더라도 '그럼 나랑 잘 맞는 사람은 어때요?'라고 물어보면 즉시 격한 맞장구를 쳐주면서 내 말에 동의하는 모습을 보게 된다. 사람들은 왜 그토록 나와 잘 맞는 사람을 바라는 걸까.

어쩌면 우리는 맞춰가는 과정이 너무 힘들고 복잡하기에, 애초에 잘 맞는 사람을 원하는 건 아닐까? 이를 설명하는 관점의 차이는 있겠으나, 진화유전학의 관점에서는 이를 이런 방식으로 설명한다.

"인류는 지금의 인류가 있기까지 실패를 거듭하며 생존하게 되었는데, 실패를 줄이기 위한 방법 중 하나는 무리를 지어 힘을 기르는 것이었다. 무리는 비슷한 사람들이 모여 있을수록 단단하고도 강해졌고, 이는 생존에 유리한 결과를 불러일으켰다."

그렇게 우리는 친구뿐 아니라, 나와 비슷하게 살거나 비슷한 성향을 가진 사람들만을 주변에 남기게 된다. 주변 선후배, 학창 시절부터 친분을 유지해온 사람들을 봐도 죄다 그렇다. 하지만 그럼에도 불구하고 결국 나와 완벽하게 같은 사람은 없다는 걸 아는지, 타인과 서로 이해하며 맞춰가는 게 관계의 비결이라고 생각하며 살아간다.

이는 연애를 할 때도 별반 다르지 않다. 나와 똑같은 이성은 없기에, '사랑은 맞춰가는 거야'라고 생각하며 이런 형식적인 말만을 던진다.

"우리 서로 잘 맞추면서 예쁘게 만나자."
"우리가 때로는 달라서 싸우더라도, 서로 이해하면서 맞춰가자."

나의 경험상 조금만 과장하면, 내가 만났던 사람 중 95% 이상은 이런 말을 했다. 하지만 정작 사랑은 이해하는 것이라고 하는데, 우리는 정말 이해를 했던 걸까? 나는 대부분 이해하는 척을 했을 뿐, 이해하는 게 아니었다고 생각한다. 이 책을 읽은 사람과 읽지 않는 사람은 매우 선명한 차이점을 보일 것이다. 책을 읽지 않은 사람들에게 서로가 맞춰간다는 건, 서로가 서로에게 희생과 포기를 반복하는 거라고 믿을 것이다. 하지만 적어도 여러분은 포기와 희생이 아닌 '이해'의 참뜻을 바로 알게 될 것이다.

학창 시절 알고 지냈던 수현이라는 친구가 있다. 이 친구는 남자친구와의 연락을 매우 중요하게 생각했는데, 요즘 마음이 가는 남자가 있다고 나한테 자랑을 했었다.

"유신아! 나 요즘 잘 돼가는 사람 생겼어. 글쎄 이 남자가 자기는 연락 많이 하는 걸 좋아한다고 말한 거 있지? 완전 맘에 들어!"

나는 평소 친구가 연락을 매우 중요하게 생각했기 때문에 별 탈 없이 만나겠거니 생각했다. 하지만 사귄 지 얼마 되지도 않았는데 문제가 터졌다. 수현이의 이야기를 들어보면, 수현이도 연락이 잘 안 되는 남자친구를 많이 참았고 끝내 이야기를 했는데

"연락 좀 잘해주면 안 돼? 내가 맨날 기다리게 되잖아..."

하지만 그 남자친구에게도 역시 연락을 못 할 수 있는 상황과 이유가 있었을 거다. 그래서 해명을 했지만, 수현이의 귀에는 들리지 않았을 것이다.

"아니... 내가 연락 중요하게 생각한다고 했잖아."
"네가 내 남자친구고 날 좋아하면, 내가 중요하게 생각하는 건 네가 좀 맞춰줄 수 있는 거 아니야?"

그렇게 몇 번의 대화가 오갔을까, 감정이 격해진 수현이는 이렇게 말했다고 했다.

"네가 날 정말 좋아하면 나한테 맞춰주겠지. 아니야?"
"너는 날 안 좋아해서 잘 안 해주는 거야."

이게 내가 말하는 '희생과 포기'를 강요하는, 잘못 맞춰가는 연애다. 언젠가 SNS에서 연애 칼럼의 명언처럼 떠도는 짧은 말이 있었는데 다음과 같은 말이었다.

"그 정도밖에 하지 않는 건, 덜 좋아해서야.
그러니까 미련 갖지 마."

수천 개의 좋아요가 찍혔을 때, 나는 '어떤 대참사를 불러일으키게 될지는 알고 이 말을 만든 걸까?' 하고, 답답함을 느꼈다. 아니 참담함을 느꼈다. 저 말은 여자가 현재 느끼는 답답함과 갈등에 변호와 합리화를 해줄 수 있는 매우 좋은 말이 된다. 하지만 저건 결국 나를 위한 말이지, 우리 관계를 위하는 말은 절대 아니다. 대부분의 사람은 좋아하는 만큼 맞춰주는 거라고 생각하는데, 이건 엄연히 잘못됐다. 왜냐하면 맞춰준다는 말에는 '포기와 희생'이 포함된 경우가 있으니까.

"그게 왜 문제가 돼요? 내가 중요하게 생각하는 걸 맞춰주고 나도 상대가 중요하게 생각하는 걸 맞춰주면 되는 거 아니에요?"

보기엔 굉장히 좋은 말처럼 들리지만, 현재가 아닌 미래를 생각해봐야 한다. 나한테 관대하고 남한테는 엄격한 게 사람 아니던가? 내가 상대방에게 맞춰준 노력은 비교적 고평가가 되고, 상대방이 나를 위해 맞춰주는 노력은 비교적 저평가된다. 그러니 연애가 중장기에 들어선 커플들의 입에서는 이런 말이 나오게 된다.

“왜 너는 나만큼 노력하지 않아? 마음이 식은 거 아니야? 나는 널 위해서 더 노력하는데... 넌 왜 그래?”

상대방도 덧없는 최선을 다했지만, 나는 더 이타적이었고, 상대방은 더 이기적이라 여기며 이별을 맞이한다. 사랑은 맞춰간다는 것의 참뜻은, 희생과 포기를 강요하는 게 아니라 '상대방의 행동'을 이해하는 것이다. 사람들은 저마다의 기준을 갖고, 내가 하는 행동이 곧 옳은 것이라고 여기는 경향이 있다. 만약 남자친구가 연락을 잘 안 하는 문제가 있을 때, 답답한 감정은 '나라면 그러지 않을 텐데'라는 생각에서부터 시작된다. 하지만 잘 생각해보자. 그건 결국 '나라면'이라는 전제일 뿐, 그게 옳은 것을 의미하는 게 아니다. 방금 이야기했던 수현이의 사례도 다르지 않다.

수현이의 남자친구 입장에서 말을 들어볼 기회가 있었는데, 나는 가장 먼저 이렇게 물어봤다.

“너도 연락 중요하게 생각한다면서… 왜 연락 잘 안 해줬어?”

"진짜 나는 억울해. 나는 떨어져 있을 때도 서로가 뭘 하고 있는지를 아는 게 중요하다고 생각하거든. 근데 나는 틈날 때마다 어떤 일정이 있는지 잘 말해줬는데... 여기서 뭘 더 어떻게 하라는 건지 모르겠어. 그럼 일을 하지 말라는 거 아니야?"

똑같이 연락을 중요하게 생각하는데도 왜 이런 문제가 벌어졌을까? '사랑은 맞춰가는 것'이라는 말을 이해하기 위한 첫 시작은, '같은 생각을 한다고 해서 같은 행동을 하진 않는다'라고 인지하는 것이다.

수현이의 입장에서 연락을 중요하게 생각한다면 나와야 하는 적절한 행동은 '시간'의 개념에서 많은 연락을 해주는 것이었다. 하지만 수현이의 남자친구 입장에서 연락을 중요하게 여기는 건, 시간이 아닌 '소통'의 개념이었다. 그러니까 수현이의 남자친구는 연락할 때마다 본인이 뭘 하고 있는지를 아주 자세히 말해주었고 최선의 노력을 한 게 틀림없다. 수현이는 남자친구가 나와 같은 생각을 가졌으니까, 나의 기준만을 생각하며 내 행동이 옳다고 판단한 건 아니었을까.

사실 우리는 이런 이해심을 충분히 가지고 있다. '일을 잘하는 방법'을 생각할 때, 누군가는 '효율적으로 일하는 것'이 잘하는 방법이라고 판단하기도 한다. 또 다른 이는 '정확하고 섬세하게 일하는 것'이 잘하는 방법이라고 판단한다.

둘 중 무엇이 틀린 게 아니라, 방법이 다를 뿐 결국 똑같이 일을 잘하는 방법 아닌가? 하지만 우리가 애인을 대할 때는 좀 더 어린 내가 나오는 건지, 내가 생각하는 기준만이 옳다고 생각하며 희생과 포기를 강요한다. 잘 기억했으면 좋겠다. 맞춰가는 연애라는 건, 내 기대와는 다른 행동을 하더라도 상대방의 행동을 이해하는 것이다.

그게 나를 나쁜 길로 빠트리며 이기적으로 구는 행동이 아니라면 말이다.

# 왜 나는 그 사람에게 자꾸 미련을 가질까

"넌 정말 힘들 때가 언제였어?"

"나? 나는 내 생일 때마다 아직도 힘든 기억이 많아."

처음이자 마지막으로 극단적인 선택을 생각해본 적이 있었다. 정말 사랑하는 사람을 내 인생에서 억울하게 잃게 되었을 때. 그때 내 삶이 너무 비참하다고 느껴졌었다. 당시는 군대에 입대한 지 얼마 되지 않았을 때였다. 자대배치를 받은 첫날부터 선임에게 찍혔고 군 생활은 순탄하지 않게 흘러갔다.

"저... 이거 왜 해야 되는 겁니까?"

"시키는 대로 했지 않습니까? 근데 왜 이러십니까?" 평소 이해가 가지 않으면 항상 이유를 찾고, 부당하다고 생각하면 정당성을 요구하는 나의 모습은, '패기 넘치는 이등병'이라는 타이틀과 딱 맞았다.

항상 점호 시간에는 갈굼을 받기 일쑤였다. 그 뒤로는 어떤 행동을 하더라도 욕을 먹고 어떤 행동을 하지 않아도 욕을 먹는 정말 이유 없이 욕을 먹으며 살아가는 생활의 반복이었다. 군대에 입대한 뒤 8개월의 시간은, 내 인생에서 가장 끔찍한 시간이었다. 아침마다 꿈이길 간절히 바랐지만 그런 일은 일어나지 않았다. 결국 현실을 자각해야 했다. 내 일과는 여자친구의 사진을 보는 것으로 시작했다. 그리고 매일 밤 저녁에는 침낭을 뒤집어쓰고 울음 섞인 신음이 새어 나갈까 밤마다 기도하며 잠들었다.

내가 군 생활을 버틸 수 있도록 도와준 유일한 사람은 여자친구였다. 선임들이 휴식을 허락하는 시간이라면 언제든 여자친구에게 전화했다. 이 시간은 유일하게 살아 숨 쉴 수 있음을 느낄 수 있는 시간이었다.

그러나 시간이 지나면 지날수록, 수화기 너머에선 공백이 생기기 시작했다. 아예 전화를 받지 않는 날도 있었다. 속으로 '바빠서 그런 거겠지…' 애써 스스로를 위로하며 휴가 날짜를 밤새워 기다렸다. 드디어 찾아온 휴가 날. 휴가 기간에는 운 좋게도 내 생일이 끼어 있었다. 10월 22일에 휴가를 나오게 되었고, 24일은 내 생일이었다. 그리고 그다음 날인 25일 복귀하면 되는 일정이었다. 나는 그때 그 생일을 기점으로 아직까지도 내 생일을 싫어한다.

집에 오자마자 여자친구에게 전화를 했으나 받지 않았다. 연락을 해도 답장은 오지 않았다. 나는 아무도 만나지 않고 집에 처박혀서 핸드폰만 보며 기다렸다. 언제쯤 연락이 올까. 빨리 전화가 왔으면 좋겠다. 복잡한 마음이 뒤섞여 자다 깨기를 반복했다.

끝내 강원도로 돌아가는 버스 안에서도 여자친구의 연락은 오지 않았고, 그 뒤로 나는 잠수 이별을 받아들여야만 했다. 복귀하자마자 선임들의 갈굼은 다시 시작되었다. 나는 버림받았다는 생각에 너무나 무기력해졌다. 처음이자 마지막으로 '자살을 하면 어떨까'를 진지하게 고민했다.

물론 그런 선택을 하진 않았기에 지금 이렇게 살아서 글을 쓰고 있다. 그러나 오랜 시간, 나는 나만의 방법으로 전 여자친구에게 집착하듯 한동안을 갇혀 살았다. 항상 밤마다 그 사람 꿈을 꿨고 어떤 노래를 들어도 내 이야기만 같았다.

여느 날과 다를 거 없이 근무를 서던 중, 나는 한 선임의 말로 인해 정신을 번득 차리게 되었다.

"너는 네가 왜 그렇게 힘든지 생각해봤어?"

나는 너무나 당연하게 대답했다.

"그야... 여자친구랑 헤어지고 선임들한테 항상 욕 들으니까, 내가 아무것도 아닌 인간인가, 버림받은 사람인가 싶은 생각이 들어서인 것 같습니다."

선임은 한동안 말을 아끼다, 다시 한 마디를 내뱉었다.

“그게 네가 힘든 거랑 무슨 상관인데?”

“그야…”

“생각해보라고. 네가 여자친구랑 헤어진 거 때문에 힘든 거야? 아니면 네가 받았던 사랑을 못 받게 돼서 힘든 거야? 네 여자친구가 너한테 줬던 사랑은 당연한 게 아니잖아. 네가 당연하게 생각하며 받았던 것들을 못 받게 되니까, 그게 힘들다고 생각하는 거 아니야?”

“힘들겠지만, 되려 이제껏 사랑해줬던 것들에 거꾸로 감사하는 마음을 가져봐.”

나는 오랜 시간 동안, 그 사람에 대해 다시 생각해보게 되었다. 난 왜 그렇게 힘들다고 징징댔을까. 어쩌면 내가 버림받았다는 생각이 다시 나를 힘들게 만든 건 아니었을까 되돌아봤다. 그렇게 한참 동안 마음속에서 그 사람을 놓지 못했다.

선임의 말이 맞았다. 내가 힘들었던 이유는 헤어져서 힘든 게 아니라, 이별하는 바람에 당연하게 누렸던 사랑을 못 받게 됐다고 느끼기 때문이었다. 그리고 그 힘듦 속에서 헤어나오지 못했던 이유는, 과거 속에서만 발버둥 치고 있기 때문이었다.

관계에서 집착을 하든, 미련을 갖든. 그 이유는 '과거'에 묶여 있기 때문이다. 우리가 힘들지 않을 때를 생각해보면, 그 사람이 없어도 그만일 때다. 더 정확히는, 그 사람이 과거에 해줬던 것들이 필요하지 않다고 느껴질 때. 단지 그뿐이다.

이미 떠난 관계, 잘못된 관계에서 미련과 집착을 낳지 않는 유일한 방법은, 되려 감사한 마음을 가져보는 것이다. 안 되는 것을 억지로 되게끔 할 필요도 없다. 이미 변한 사람에게 '과거의 모습'을 강요하며 다시 돌아와 주기를 집착할 필요도 없다. 그저 그 사람이 나에게 해줬던 것들에 고마운 마음을 가지며, 다시 내 인생의 일부를 채워 줄 현재를 바라보는 것이 옳다.

과거에 연연하는 사람이 되기보다, 현재에 충실하는 사람이 되길 바란다.

나는 진심으로 그 사람과
깊어지길 바랐던 걸까

내 나이 21살, 연애도 사랑도 참 몰랐을 때였다. 그저 여자친구를 좋아하는 순수한 마음밖에 없었다. 어떻게 하면 여자친구를 행복하게 해줄 수 있는지. 뭘 해야 좋은 남자라고 바라봐 줄지 전혀 모를 때였다. 그래서 나는 여자친구가 원하는 것들을 무조건 들어줬다. 여자친구가 나에게 바라는 것들을 이해하려고 애썼고, 나에게 투정 부리는 것을 하지 않으려고 노력했다. 오로지 내가 노력하고 이해하는 기준은 여자친구의 감정이었다.

당시에 만나던 사람은 말을 참 잘하는 사람이었다. 늘 자신감이 넘치는 사람이었다. 어디서든 당당한 모습으로 자신을 사랑할 줄 아는 사람이었다. 그리고 고양이를 좋아하는 사람이었다. 노르웨이 숲 고양이와 페르시안 2마리를 키웠는데, 고양이의 시크함이 그 사람과 많이 닮아 있었다.

우리는 4개월을 만났지만, 참 많은 다툼이 있었던 것 같다. 처음엔 여자친구가 이기적으로 행동한다고 생각했지만, 나중엔 내가 잘못됐다고 생각하며 늘 미안함을 내비쳤다. 싸울 때마다 여자친구는 자신이 서운함을 느끼기까지의 과정들을 일목요연하게 정리해서 내가 서운하게 만들었던 상황을 정확하게 이해시켰다. 두 눈은 흔들리지 않았으며, 침착한 말투와 떨리는 마음을 애써 꾹 참는 목소리는 미안한 감정이 들기에 충분했다. 나한테 표현하는 것 말고도 더 많은 것을 참고 있다고 느껴졌으니까.

그렇게 처음엔 이기적으로 보였던 사람이, 나중엔 이해심 많은 여자친구로 보이기 시작했다. 나는 더욱 부족한 사람이라는 생각이 들었고, 더 잘해줘야 한다고 생각했다. 나는 그 사람의 감정이 좋은 쪽으로 느끼도록 행동하는 것이 곧 우리의 관계를 지키는 길이라고 생각했다. 또한 그것이 사랑이라고 지나친 착각을 했다.

그렇게 점점 더 여자친구의 감정이 기준이 되어 우리의 연애는 흘러갔다. 나는 재판관이 탁상을 망치로 내려치는 순간에 있듯이 늘 긴장감을 가지고 행동해야 했다. 나는 나를 잃어버리는 느낌이 들었다. 마치 그 사람의 애착인형이 되어가는 듯했다. 그렇게 나를 잃어가던 중, 도저히 두고 볼 수만은 없어서 떨리고 화나는 마음으로 그녀를 찾아갔다. 그리고 이렇게 말했다.

"진짜 미안해… 내가 능력이 없어서 널 기쁘게 못 해줬나 봐. 정말 네 말대로 한 발자국만 더 다가가면 되는 건데 그 한 발자국이 너무 힘들어."

마지막까지 나는 사과했다. 그녀는 그런 나에게 '그래? 그럼 헤어지자'라고 퉁명스럽게 말했다. 그 뒤로 나는 한참 동안 스스로를 자책하며 늪에 빠져 살았다. 하지만 나는 사랑하는 사람을 행복하게 해줘야 한다는 사명감이 있었기 때문인지, 전 여자친구의 세뇌가 날 이렇게 만들었는지는 모르겠지만 한참 동안 진짜 사랑은 상대방을 행복하게 해주는 것이라는 착각 속에 살아야 했다.

그게 정답이라고 생각하며 살다가 진짜 사랑이라는 것을 경험하기까지는 그렇게 긴 시간이 걸리지 않았다. 그 뒤로 다른 사람을 만나게 됐는데, 이 사람은 9년이 지난 지금까지도 내 첫사랑으로 자리 잡고 있다. 굉장히 따듯하고 온화한 분위기를 풍기는 사람이었다. 늘 행동하는 것이 조심스러웠으며 상대방을 충분히 배려해줄 줄 아는 좋은 사람이었다. 이 사람을 떠올리면 아직까지도 나에게 가장 많이 해줬던 말이 생각난다.

"유신이 네가 원하는 거면 같이 하자."

늘 이 사람은 내가 어떤 것을 하든 함께하겠다고 말해 주던 사람이었다. 그저 데이트 코스를 짜는 거나 약속을 잡는 것뿐만이 아니었다. 내가 진로에 대한 고민을 하면 충분히 나와 함께 고민해주었다. 또 내가 힘든 일이 있으면 내 입장에서 함께 힘들어해 주던 사람이었다.

어디 그뿐이었을까? 일을 하느라 정말 정신없이 2주 동안 연락도 잘하지 못했고 밥은 먹었는지조차 묻지 못한 채 일에만 집중하던 시기가 있었다. 정말 죽도록 일을 하느라 정신이 하나도 없었다. 그 상황이 반복되는 동안 여느 여자친구라면, 이 상황을 어떻게 받아들였을까? 남자친구가 연락이 안 된다는 상황에 서운함을 느꼈을 테고, 내가 우선순위에서 밀려난 건가 하는 불안함을 느꼈을 것이다. 문득 정신을 차린 뒤 아차 하는 마음으로 여자친구에게 물어봤다.

"나 연락 그동안 잘 안되고 만나지도 못했잖아. 서운하진 않았어?"

여자친구는 예상외로 너무나 놀라운 대답을 했다.

"음... 서운하긴 했지만 괜찮았어. 충분히 유신이 네 상황에서는 그게 먼저 해결해야 할 일이었을 테고, 내가 네 상황이었어도 그게 옳은 선택이라고 생각했을 테니까. 말했잖아? 네가 원하는 것이면 같이 하겠다고."

이 말은, 내가 인생에서 사랑을 마주하는 데에 있어 큰 변곡점이 되었다. 그저 애인의 감정을 기준으로 잘해야 하고, 이해해야 하고, 맞춰주는 게 사랑이라고 믿었던 나였다. 하지만 좀 더 시간이 흐른 지금. 이제 나는 진짜 사랑이라는 것이, 소중한 사람과 함께 한다는 것이 무엇인지 말할 수 있다.

대부분의 연인이 우린 정말 서로 사랑하자, 영원히 함께하자고 약속하지만, 그저 스쳐 지나가는 듯한 인연이 되는 것은 매우 간단하다. 내 감정이 너무나 중요하고 그것에 맞춰줄 수 있는 노력을 해주기를 바라면 된다.

하지만 진짜 사랑은, 내가 인생에서 선택하는 순간들을 함께하는 것이다. 나도 상대방이 서운한 게 있으면 맞춰주고, 상대방도 내가 서운한 게 있으면 맞춰주는 것이다. 내가 그 사람과 더 많은 것들을 함께하고 깊은 관계가 되길 바란다면 사랑만 바라는 게 아니라 그 사람의 인생을 함께해야 한다. 사랑은 매 순간 과정을 함께하는 것이며, 서툴고 부족한 게 있으면 함께 채워가는 것이다.

너무 다른 우리,
다른 길을 갈 수밖에 없다는 것을
인정해야 할 때

그녀는 여행을 정말 좋아했다. 처음 마주했을 때, 그녀는 항상 웃음을 띠며 밝은 모습으로 사람들을 대하는 모습이었다. 커피머신을 바쁘게 움직이고, 뒤편에 위치한 스무디를 만드느라 손과 발은 정신없었지만, 늘 에너지가 넘쳤다. 그런 모습이 마음에 들어서 나는 한동안 카페를 자주 찾아갔다. 그런데 어느 날 친구들을 만나 술 한잔을 하던 중 그녀가 생각났다. 더 친해지고 싶다는 생각이 들었다. 처음엔 남자친구가 있지 않을까, 만나는 사람이 있지 않을까 복잡한 마음이 가득했다. 하지만 보고 싶은 마음이 더 컸기에 무작정 다음 날 카페를 찾아갔다.

"안녕하세요~ 또 오셨네요? 오늘도 같은 거로 드실 거예요?"

역시나 밝은 모습으로 나를 반기며 대답을 기다렸고 나는 얼버무리며 대답했다.

"네…? 네... 같은 거로요!"

그리고 어디서 그런 용기가 갑자기 났던 걸까? 나는 뒤이어 말을 붙였다.

"아, 그리고 혹시… 연락처 알려주실 수 있어요? 남자친구 없으시면. 나중에 커피 한 잔, 아, 매일 드시겠구나..."

우리 두 사람 모두 웃음이 터졌지만, 나는 당황하는 마음을 숨기고 다시 말했다.

"커피. 분위기 좋고 맛있는 곳을 알고 있거든요. 거기에서 다른 분위기로 한잔해요."

이런 내 모습이 귀여워 보였는지 그녀는 흔쾌히 연락처를 알려주었다. 그러나 너무 당황한 탓이었을까? 믿기지 않았던 것이었을까. 정신을 차리고 보니, 내 손에는 유리컵에 담긴 아메리카노가 들려 있었다. 평소 카페에서 시간을 보내다 가는 것을 기억했는지 유리컵으로 준 것이다. 너무 떨린 마음에 카페를 나와 무작정 집으로 걸음을 돌렸다.

그렇게 첫 연락은 사진을 보내며 시작됐다.

“저... 죄송해요. 유리컵인데 그냥 들고 와버렸네요. 다시 카페에 반납할게요.”

이런 특이한 순간 때문이었을까? 우린 금세 친해질 수 있었고 곧 가까운 사이로 발전됐다. 대화도 너무 잘 통했다. 하지만 잘 맞는 사람이라고 생각했는데 만나면 만날수록 다투는 일이 빈번해졌다.

서로가 서로를 좋아하는 마음에 이해해보려 노력하고 늘 정성을 기울였지만 우리는 다투기 바빴다. 그녀가 항상 나에게 바랐던 것은, 좀 더 함께한다는 생각이 들게끔 하기를 바라는 마음이었다. 그러나 나는 그를 이해하지 못했다. 충분히 최선을 다하고 있고 연락도 잘 하려 노력했으니까. 또 주말은 항상 스케줄을 비워둬서 그녀에게 쓰려고 노력했다. 그런데도 그녀는 자주 서운해했고 날 이해하지 못했다. 우린 계속해서 다툼을 반복했다. 결국에는 지친 마음으로 이별을 받아들여야만 했다.

너무나 매력적이고 마음에 드는 사람이었다. 게다가 대화 역시 잘 통했으니까 예쁘게 사귈 수 있을 거라고 생각했다. 그래서 그 당시엔 절대 이해하지 못했다. 우리는 이렇게 잘 통하는데 왜 서로 서운해하기만 했던 걸까.

처음엔 그저 좋아하는 마음이 너무 커서라고 생각했다. 하지만 시간이 좀 더 흐른 뒤 정답을 찾을 수 있었다. 그녀는 내가 남자친구로서 많은 추억들을 함께 하고 어떤 일상이든 함께 공유하길 바라는 마음을 가지고 있었다. 하지만 나는 그 사람과의 미래를 생각해서 더 서로가 발전하게 되기를 바라는 마음, 각자의 삶에서 최선을 다해 살기를 바라는 마음이 컸다.

여행을 굉장히 좋아하던 사람이라 함께 매주 돌아다니는 것이 경제적으로나 시간적으로 부담스러웠다. 그래서 늘 타협하려고 애썼다. 하지만 그 사람은 내가 돈을 아끼는 것이라 생각하며 서운함을 비췄었다. 또, 여행 사진을 보여주며 '여기 참 예쁘지?'라고 말하는 모습에 나는 그저 얕은 공감만을 해줄 수 있었다. 난 여행보다 꿈이 중요한 사람이었으니까.

그 사람은 나와 하는 전화통화를 매우 즐거워했고, 하루에 1시간 이상은 통화하며 시간을 보내길 바랐다. 그러나 나는 좀 더 시간을 자기계발에 투자하길 바랐기에 그녀의 모습이 부담스러웠다. 사소한 모든 것이 서운함을 낳을 수밖에 없었고 그녀는 내가 그녀를 별로 좋아하지 않는다고 생각했다. 우리 관계는 어느덧 다른 연애와 다를 것 없는 가장 보통의 연애가 돼버린 것 같았다.

나는 그 뒤로 사람을 만날 때 중요한 것을 한 가지 더 생각해야 했다. 그 사람이 정말 매력적이고 그저 대화가 잘 통한다고 해서 행복한 연애를 할 수 있는 게 아니었다.

진정 그 사람이 나와의 관계에서 중요하게 생각하는 것들과 내가 그 사람과의 관계에서 중요하게 생각하는 것들이 일치하는지를 따져봐야 했다. 나와는 다른 사람이기에 서로를 바라봐도 서로가 어떤 걸 정말 바라는지는 볼 수 없다. 정말 중요한 건, 대화가 잘 통하는 사람이 아니다. 나와 같은 행복을 그리고 있는지를 맞춰봐야 한다. 나와는 다른 행복을 꿈꾸고 있다면 그 어느 쪽이 서로가 희생을 번갈아 가며 노력하고 포기해야 한다.

관계란 서로가 같은 방향을 바라봐야 오래갈 수 있다. 그래야 함께 하는 길 속에서도 충분한 행복을 느끼며 충분한 사랑을 싹틔울 수 있다.

# 다툼을 현명하게 조절하는 법

주말 아침이었다. 평소와 다를 거 없이 친구들과 PC방에 가서 함께 게임을 즐겼다. 네가 더 못하니, 내가 더 못하니 투닥거리기도 하면서. 음료수 내기도 하면서. 그렇게 즐거운 시간을 보냈다. 그렇게 눈과 손을 키보드와 마우스를 바삐 움직이며 집중했던 것도 잠시. 나는 문득 깊은 고민에 잠겼다.

'친구들과의 기억은 이렇게 즐거운 것밖엔 없는데... 왜 이렇게 여자친구를 떠올리면 서운한 감정이 많이 앞서지?'

친구들과는 항상 웃고 떠들고, 웬만하면 좋은 날을 기억하는 순간이 훨씬 많다. 그런데 왜 연인을 생각하면 서운한 게 먼저 생각나는 걸까?

처음에는 그저 사랑하는 마음이 커서 그런 게 아닐까 생각했다. 하지만 찝찝함은 여전했고, 그것은 합당한 이유가 되지 않는다고 판단했다. 왜냐하면, 사랑이라는 것은 그 누구도 한 단어로 정의할 수 없기 때문이다.

만약 사랑할수록 다툼을 만들어내고 사랑할수록 갈등을 빚는다면 우린 매일 아침 일어나서 저녁까지 부모님과 얼굴을 붉히는 일만 있어야 하지 않을까. 난 더욱 깊게 고민하기 시작했다.

끝내 찾은 정답은 '모든 것의 시작에는 사랑보다 욕심이 더 많이 담겨 있기 때문이 아닐까'였다. 우린 관계뿐만 아니라, 모든 것에 욕심을 부린다. 돈을 더 많이 벌고 싶다는 욕심, 오늘보다 더 나은 삶을 살고 싶다는 욕심, 당장 내일 아침에라도 갤러리아에 들어가 명품을 사고 싶다는 욕심 등. 사람들이 느끼는 욕심은 굉장히 무수하다.

사람들은 대부분 욕심을 통제하는 데에 익숙하다. 하지만 연인에게 가지는 욕심만큼은 통제하지 않는다. 그렇기에 다투고 싸우는 거다. 그러다 사소한 문제들에 감정을 섞으며 서로가 상처받기도 하고. 생각해보면 연인을 향한 욕심들은 참 많기도 하다. 나만 바라보기를 바라는 마음, 연락을 잘해주기를 바라는 마음, 항상 내가 1순위가 되기를 원하는 마음, 언제나 내 생각을 자주 해주기를 바라는 마음, 또 나와 함께 많은 것들을 추억하기도 바라는 마음.

마음이라는 단어로 표현했지만, 지금 말한 것들은 어쩌면 상대방에게는 욕심이 될 수도 있는 바람들이다. 왜냐하면 2가지의 아주 적절한 근거가 내 마음을 합리화해주기 때문이다.

"내가 큰 거 바라는 게 아니잖아."
"사랑은 맞춰가는 거라고 하잖아."

연인 간에 싸움을 피하고, 서운함에 상처받지 않기 위해서는 저 두 가지 말을 가장 조심해야 한다. 나도 수차례 연애를 했지만 저 말을 들어보지 못했던 건 손에 꼽는다. 늘 다툼을 반복하고, 서운함을 표현하는 말의 뒷받침에는 저 말들이 있었다.

그러나 연인 관계에서는 상대방의 노력이 아닌, 결과를 놓고 생각하는 경향이 크다. 나는 큰 걸 바라는 게 아니니까. 이 정도는 충분히 기대해도 된다고 마음먹거나 그건 당연히 해줄 수 있는 거라고 생각한다. 연락 문제, 말투의 문제, 자존심 부리는 문제 등 모든 게 다 그 생각에서 비롯된다. 그 사람이 얼마만큼 노력하는지와는 상관없이, 나의 감정이 기준이 되어 해소가 되어야 문제가 없다고 판단한다. 이게 바로 서운함이 생기고 다툼으로 번져가는 가장 본질적인 이유에 해당한다. 내 기준에서만 생각하여 애인에게 바라고 감정이 해소되길 욕심부리기 때문이다.

생각하지 못한 문제로 다툰 적이 있었다. 일을 하던 중 여자친구에게 전화가 왔다. 여자친구는 오늘 회사에서 있던 일을 신나게 이야기했지만 나는 굉장히 짧게 대답했다.

"그랬구나."

그러자 잠시 침묵이 흐른 뒤, 여자친구의 목소리는 날카롭게 변했다.

"왜 이렇게 영혼이 없어? 나한테 관심이 없는 거야?"

나는 동시에 여러 일이 안 되는 사람이다. 여자친구는 수화기 너머로 들리는 내 목소리가 굉장히 퉁명스럽다고 느꼈는지 즉시 서운함을 표현했다. 그리고 나는 순간적인 짜증을 느꼈고 순식간에 우리의 대화에는 불이 붙어 결국 싸움으로 번졌다.

"아니 무슨 말이야. 일하는 중에 전화 받았는데도 최대한 네 이야기를 집중해서 들었잖아."

"그게 듣는 사람의 태도야? 난 너한테 가장 먼저 얘기해주려고 열심히 이야기했는데 얘기할 필요가 없었네? 내가 일하는 사람에게 전화한 거니까 내가 눈치가 없었네?"

내 입장에서는 분명 내가 할 수 있는 최선의 노력을 했던 거였다. 그러나 여자친구는 나의 상황은 생각하지 못한 채 나의 반응, 그러니까 결과만을 생각했다. 그건 입장을 바꿔서도 마찬가지였다. 여자친구 입장에서는 가장 먼저 나에게 있었던 일을 공유하려는 소통의 노력을 했다. 그러나 나는 여자친구의 마음을 헤아리지 못한 채 내 노력을 알아주지 못한다고만 생각했다.

만약 내가 이렇게 말했다면 우리의 관계는 달라지지 않았을까?

"자기야, 말 끊어서 미안해. 근데 지금 잠깐 일 마무리하고 있어서 5분 뒤에 금방 다시 전화할게."

당장에 전화를 끊었다는 서운함은 있을지언정 5분 뒤 전화한다는 말을 이해 못 할 사람은 없다. 또한 여자친구도 이렇게 말했다면 우리는 다투지 않았을 것이다.

"유신아. 나 오늘 무슨 일이 있었는지 알아?
아 근데 15분 정도 통화 돼?"

여자친구도 내 상황을 먼저 생각하며 이야기를 들을 수 있는지를 먼저 물어봤다면 우린 문제가 없었을 것이다. 이렇듯, 싸움은 생각보다 작은 것으로부터 시작된다. 그저 내 마음만을 내세우며 바라기보다. 상대방의 상황을 이해하고, 상황 안에서 하는 노력들을 볼 줄 아는 눈을 가져야 한다. 그게 싸움을 피할 수 있는 가장 확실한 방법이자, 애초에 서운함을 차단하는 방법이 될 테니까.

# 둔감한 사람들을 대하는 태도
# 예민한 사람들이

여성스럽다는 말을 종종 듣는다. 친구들과 어울릴 때면, 친구들이 신경 쓰지 않는 부분을 섬세하게 캐치한다. 친구들의 헤어스타일이 바뀌는 것을 알아보는 건 물론, 'PC방 의자 불편한 거 너네 싫어하잖아. 건너편으로 가자.'라고 말하며 생각하지도 못한 부분을 잘 챙긴다.

어렸을 적엔 이성친구가 꽤 많은 편이었는데, 그들은 나한테 고민을 털어놓곤 했다. 남자들의 입장이나 감정을 잘 설명할 뿐 아니라, 이성친구의 마음까지 잘 이해했으니. 그들에게는 동성친구보다 훌륭한 이성친구였던 셈이다. 하지만 무조건 좋기만 한 것은 아니었다. 남들보다 더 섬세한 것을 캐치하고 남들보다 좀 더 민감하게 반응을 하다 보니 눈에 밟히는 것들도 참 많았다.

"별것도 아닌 거 가지고 왜 그렇게 예민하게 굴어?"
"넌 너무 쓸데없는 고민이 많아."

이런 말에 쉽게 기분이 상했다. '나한테는 너무나 중요한 고민이고, 꼭 필요한 생각인데'라며 반감을 일으켰다. 비교적 털털한 사람들을 볼 때면 답답함을 느끼기도 하고. 그들이 너무 쉽게 생각하는 것이라고 여겼다.

이러한 성향은 연애를 할 때 더욱 힘들게 작용했다. 이 세상 누구보다 말 한마디의 무게가 크게 작용하는 사람이 바로 연인이다. 같은 말을 해도 전혀 다른 의미로 받아들이는 존재가 내 남자친구, 여자친구가 아닐까?

2018년 여름의 일이었다. 난 여자친구를 기다리는 동안 한적한 카페에서 업무에 대한 고민을 하고 있었다. 평소 생각이 많은 터라, 노트북 모니터에

"어떻게 이 일을 해결할까?"

라는 글자를 100포인트로 큼지막하게 써 놓은 뒤 생각에 잠겼다. 여자친구는 그런 내 뒷모습을 보며 다가왔고 무슨 일인지 나에게 물었다. 아직 정리되지 않은 생각에 불과했지만 나는 성심성의껏 고민을 이야기했다. 그 사람의 충분한 공감을 바랐다. 한창 이야기를 듣던 그녀가 툭 하고 내뱉은 첫마디는 굉장히 힘 빠지는 말이었다.

"뭐야, 별것도 아닌 거 가지고 고민하고 그래?"

나는 순간적으로 매우 화가 났다. 내가 카페에서 고민한 시간과 노력들 내 생각들이 모두 무시당하는 느낌이 들었다. 순간적으로 나의 표정은 싸늘하고 말은 날카롭게 나왔다.

"뭐? 별 게 아니라고?"

그렇게 잠깐의 정적이 흐르며, 아무 말 없이 빈 시간을 채워야 했다. 그 당시엔 감정적으로 치우쳐 있었기에 나의 기분만을 돌보느라 정신이 없었다. 하지만 이 일을 계기로 또다시 나는 생각에 빠졌다. 어떻게 하면 타인의 가벼운 말 한마디에 상처받지 않을 수 있을까?

가장 가까운 사람부터 멀리 있는 사람들에 이르기까지의 모든 인간관계를 되돌아봤다. ‘어느 정도로 가까워야 그 사람에게 상처받을까?’ 막말로 생판 모르는 사람이 그런 말을 한다고 상처받지는 않을 테니까. 그러나 얼마 지나지 않아, 이것은 올바른 질문이 아니라는 판단을 했다. 정말로 그런 거라면 상처받지 않기 위해 결국 관계를 멀게 만들 것이고 관계가 멀어지는 것은 그저 피하는 것에 불과하니까. 상처받기 두렵다고 피하는 건 답이 아니라고 생각했다. 방향을 바꿔 이번엔 나를 되돌아봤다.

“그 사람들은 별것도 아닌 거라고 생각하는데, 왜 나는 그걸 중요하다고 생각했을까?”

내가 상처받았던 이유는 이것 때문이었다. 난 단순히 그 말 때문에 상처받은 게 아니라 내가 중요하게 생각하는 걸 존중해주지 않는다고 생각했기에 상처받았던 거다. 만약 그들이 내가 중요하게 생각하는 것들을 똑같이 중요하게 바라봤다면, 난 상처받지 않았을 것이다. 만나는 사람들마다 날 존중해준다면 나는 상처받을 일이 없다. 하지만 간과해서는 안 되는 게 있는데, 그들이 나를 존중해주지 않아서 그런 일이 벌어진 게 아니라는 것. 그들 역시 그들 나름의 더욱 중요한 게 있었을 뿐이다. 그저 자신의 생각을 이야기한 것일 뿐.

비교적 둔감한 타인에게 상처받지 않기 위해서는 먼저 그들이 중요하게 생각했던 것들을 이해하면 된다. 내가 중요하게 여기는 것만 생각하며 부정당했다고 판단하는 게 아니다. 그들 역시 중요하게 생각한 게 있으니까. 중요하기 때문에 나한테 그런 말을 한 것이라고 이해하게 되면 나와는 다른 사람이라는 생각은 들지언정 상처받을 일은 없다.

차이는 인정할 수 있을 때 비로소 받아들일 수 있는 것 아닐까? 나와는 다른 사람을 모두 이해하고 받아들일 필요는 없다. 그러나 받아들일지 말지를 결정하기 전 적어도 내 감정이 평온해야 판단이 가능하다.

소통을 하더라도, 나의 감정만을 앞세워 왜 이해해주지 못하냐며 따지는 게 아니라, 내 입장과 의미를 상대방에게 충분히 전달해야 한다.

# 현명하게 대처하는 방법
# 관계의 서운함 앞에

여자친구와 다툰 날이었다. 삼 년 전의 나는 질투가 참 많았다. 연락을 꽤나 중요하게 생각했으며 늘 우정보다는 사랑이라고 외치며 연인에게 좀 더 집중하고 관계를 잘 유지하기 위해 노력했다.

어느 날은 퇴근할 무렵 그녀로부터 전화가 왔다. 저녁에 회사에서 회식을 한 뒤 친구들을 만나 술을 한잔할 거라는 내용이었다. 난 반사적으로 '그럼 몇 시에 들어갈 건데?'라고 말을 꺼내며 대화를 이어갔다. 여자친구가 술을 많이 먹게 될지는 전혀 중요하지 않았다. 그저 걱정되는 마음만을 앞세웠다. 그 시절의 어린 나는 내 감정만을 생각했다.

"언제 집에 갈지는 잘 모르겠어."

여자친구의 애매한 대답은 즉시 내 기분을 상하게 만들었다. '몇 시에 들어갈지는 네가 정할 수 있는 거잖아.'라고 말하며 날이 선 반응을 보였다. 잠깐의 정적이 흘렀고, 나는 말을 이어갔다.

'알겠어, 그럼 연락이라도 잘해줘.'

그렇게 시간은 저녁 9시를 향하고, 11시를 향해갔다. 그녀는 종종 연락을 해 주긴 했지만 20분에 한 번, 30분에 한 번, 1시간에 한 번씩, 연락의 주기는 점점 길어지기 시작했다. 나는 결국 자정이 넘어갈 무렵 전화를 걸었다.

"아직도 술자리 중이야?"

최대한 차분한 목소리로 전화를 하려고 노력했지만 돌아오는 대답은 내 예상과는 너무 달랐다.

"아 잠깐만 있다 전화할게. 자리 때문에 지금 전화 못 해(뚝…)"

이렇게 걱정하고 있는 나는 정말 안중에도 없구나, 하는 생각이 들었다. 가만히 허공을 쳐다보며 느껴지는 건 두 가지였다. 날 무시하고 있다는 생각으로 화가 났다. 또 나라면 그렇게 하지 않을 거라는 짜증이었다. 이대로는 참을 수 없어서 다시 전화를 걸었다. 할 말이 있으니까 전화 끊지 말고 술자리에서 나와서 받으라는 얘기를 했다.

그렇게 우리는 30분간 열띤 토론을 하며 다퉜다. 나는 내 입장에서 느끼고 서운한 것들을 이야기했다. 또 여자친구는 이해할 수 없다며 역시나 본인의 상황을 말했을 뿐이었다. 이런 일이 처음이 아니었다. 이미 몇 번이나 비슷한 일로 싸움을 반복했다. 서로를 좋아하는 마음은 확실하지만, 끝내 우린 지쳤고 헤어지게 되었다.

SNS를 보다 보면 정말 마음을 쏙 빼앗는 연애 명언이 떠다니는 것이 자주 보인다.

“정말 좋아하면 날 서운하게 만들지 않다.”

헤어지고 얼마 지나지 않았을 때 저 말을 보게 되었다. 나는 저 말이 깊은 나의 마음을 대변해주는 듯 큰 위로를 얻었다. 그 뒤로도 몇 년의 세월은 저 말에 갇혀 나의 서운함을 정당화시켰다. 그러나 짧지 않은 시간이 흐른 지금은, 관계에서 불가피하게 생기는 서운함에 대해 다시 생각해보게 된다.

좋아하지 않아서 상대방을 서운하게 하는 걸까. 적어도 이 말은, 우리의 관계를 멀게 만드는 가장 강력한 말이라고 확신한다. 만약 이 책을 읽는 독자들은 내가 몇 년이 지나 깨달은 것들을 단 10분도 채 되지 않는 시간에 알게 될 것이다. 친구나 연인, 가까운 사람에게 서운함을 느끼는 것은 종종 있는 일이다. 서운함뿐만 아니라 화가 날 때도 있고, 나라면 그렇게 하지 않을 거라고 생각하며 한심하게 생각할 때도 있다. 그러나 이런 감정을 느끼는 대부분의 이유는 ‘내 기준’에서 바라보기만 해서가 아닐까.

일단 내 기준을 되돌아봐야 한다. 애인과의 다툼에서, 나는 우리 관계에 최선을 다하면 늦게 들어가지도, 연락을 뜸하게 해주지도 않을 거라고 생각했다. 하지만 그렇게 하지 않은 건 관계에 최선을 다하지 않는 것이라고 판단했다.

어디까지나 이건 내 기준이었다. 그 당시 이해하지 못했던 내 여자친구는, 매 순간 만나는 사람에게 최선을 다하길 바랐다. 나를 덜 좋아해서, 관계에 최선을 다하지 않아서도 아니었다. 그저 자신이 직면하는 상황에 최선을 다하는 사람이었기에 술자리 역시 최선을 다한 것뿐이었다. 만약 내가 그 사람의 이 같은 성향을 이해했다면 서운함이 들어도 강요하듯 얘기하진 않았을 것이다.

"네가 관계에 최선을 다했다면 그렇게 늦게 들어가고 연락 뜸하지 않았겠지."

이런 내 기준만을 강요하진 않았을 것이다. 내가 고집하는 기준을 먼저 내려놓아야 상대방이 왜 그런 행동을 했을까. 이해할 수 있는 문이 열리게 된다. 대부분 서운한 감정이 드는 건, 둘 중 하나에 해당한다.

순간적인 서운함이거나, 이해하지 못할 서운함이거나.
만약 찰나의 순간적인 서운함이라면 그저 내 서운함을 얘기하고 하지 말라고 말하는 게 아니라 상대방에게 물어보는 게 현명하다. '왜 그런 행동을 했어?' 상대방의 의도를 먼저 물어본 뒤, 나의 감정을 얘기하는 게 옳다. 말이 '아' 다르고 '어' 다르다고 하듯, 순서 역시 매우 중요하다. 내 감정을 이야기하면 상대방은 원인을 쉽게 납득하지 못한다. 그렇기에 원인을 먼저 짚어주고 그 행동이 날 서운하게 만들었다고 말해줘야 이해가 수월하다.

여담이지만 별것도 아닌 거 가지고 서운해하지 마라. 네가 너무 예민한 것 아니냐고 말하는 사람과는 빨리 관계를 끊어내는 게 현명하다. 소통의 기본이 되지 않은 사람이다. 내가 중요하게 생각하는 걸 함께 중요하게 생각해주는 사람 남이 중요하게 생각하는 걸 나 역시 중요하게 생각해주는 관계가 좋은 관계다.

아무튼, 상대방의 행동으로 인해 나의 서운함을 이야기하는 게 서운함을 올바르게 전달하는 방법이 된다. 그리고 찰나의 순간적인 서운함이 아닌 이해하지 못할 서운함이라면 상대방의 기준에서 생각해봐야 한다. 앞서 말했던, 나의 기준에서만 생각하는 게 아니라 상대의 기준에서 생각했을 때 그런 행동을 하기까지 '왜 그 사람은 이 행동을 했을까?'를 되돌아봐야 한다.

상대방이 내가 서운함을 느낄 것을 알고 있음에도 이기적인 행동을 한다면 싸우거나 멀어지는 게 현명하다. 차라리 싸우는 게 옳다. 하지만 대부분의 경우 관계에서 생기는 다툼은 '차이'에서 오는 게 대부분이다. 내가 중요하게 생각했던 것과 상대방이 중요하게 생각했던 것의 차이가 생겼을 때, 서운함을 낳게 되는 경우가 대부분이다. 이걸 바로 알고 소통하는 게 매우 중요하다. 도저히 모르겠다면 상대방에게 묻는 게 확실하다. 왜 그런 행동을 했는지 물어본 뒤 그 안에서 생겨나는 나의 서운함을 논리에 맞게 얘기해야 한다.

그럼 이렇게 말만 하면 해결될까. 그렇지 않다. 아무리 논리가 명백하게 얘기하더라도, 다시 싸움이 되는 이유 중 하나는 '상황' 때문이다. 이 말을 받아들일 수 있는 상황과 그렇지 않은 상황. 그걸 엄연히 구분해야 한다.

늘 다툴 때마다, 시간이 필요한 사람과 즉시 풀어야 하는 사람들이 존재한다. 적어도 내가 상대방에게 서운함을 얘기하고 설득시키려면 마치 서로 다른 언어를 쓰는 사람에겐 상대의 언어를 쓰는 게 필요하듯 상대방이 내 말을 들어줄 수 있는 상황을 함께 생각해야 한다. 시간이 필요한 사람에게 즉시 쏘아붙이는 건 어차피 들리지 않는다. 또 즉시 풀어야 하는 사람에게 정리한 뒤 나중에 이야기하겠다고 한들 그 사람은 시간을 가지면서 엄청난 괴로움으로 소설을 쓸 게 뻔하다.

상대방이 내 서운함을 들어줄 수 있는 상황이 먼저 마련된 뒤 그 사람이 나를 서운하게 만들었다는 결과가 아닌 과정에 관심을 가지며 얘기해야 한다. 그 과정 속에서 내가 서운함을 느낄 수밖에 없다는 사실을 명확하게 전달해야 소통이 가능하다. 서운함을 전하는 방법을 바로 알아야 그저 둘 중 한 명이 포기하고 맞추는 관계가 아닌 함께 조율하며 발맞춰가는 관계가 가능해진다.

“너는 매 순간 눈앞에 놓인 사람들에게 최선을 다하는 사람이잖아. 그런데 나는 떨어져 있을 때도 함께한다는 느낌을 받기를 바라. 그러다 보니 네 의도는 그게 아니었지만 난 서운함을 많이 느꼈던 거 같아. 연락을 그저 잘해달라는 게 아니야. 네가 떨어져 있을 때 뭘 하는지를 조금 더 자세하게 전해주면, 난 서운하지 않을 거 같아.”

만약 내가 이 사실을 그때도 알았다면 그래서 예민하게 말을 하는 대신 저런 말을 건넸다면, 아픈 이별을 경험하지는 않았을 것이다.

상대방이 내가 서운함을 느낄 것을 알고 있음에도 이기적인 행동을 한다면 싸우거나 멀어지는 게 현명하다. 차라리 싸우는 게 옳다. 하지만 대부분의 경우 관계에서 생기는 다툼은 '차이'에서 오는 게 대부분이다.

내가 중요하게 생각했던 것과 상대방이 중요하게 생각했던 것의 차이가 생겼을 때, 서운함을 낳게 되는 경우가 대부분이다. 이걸 바로 알고 소통하는 게 매우 중요하다. 도저히 모르겠다면 상대방에게 묻는 게 확실하다. 왜 그런 행동을 했는지 물어본 뒤 그 안에서 생겨나는 나의 서운함을 논리에 맞게 얘기해야 한다.

# 2장

# 행복하려고 하는 게 사랑

# 감당할 수 있는 사랑

상담을 하다 보면 이런 질문을 많이 듣는다.

"유신님, 나이 차이 많이 나는 연애 어떻게 생각하세요?"
"미성년자와 성인이 만나는 거 괜찮을까요?"

사람들은 통념상 부정적인 느낌을 갖지만, 정작 본인들이 부정적인 마음을 가지는 이유에 대해서는 모른다. 그리고 나는 그 누구보다 정확하게 이 질문에 대답할 수 있다.

내가 학창 시절 처음 사랑에 빠졌던 사람은 나보다 8살이 많은 교회 누나였다. 그 당시 내 나이가 16살이었으니, 지금보다 더 보수적인 상황에서 연애를 경험한 것이다. 그 당시의 나는 연애나 사랑이라는 게 뭔지, 좋아하는 감정이라는 것도 모르는 어린아이에 불과했다.

단 한 가지 정확하게 기억하는 건, 내가 또래 친구들로부터는 느낄 수 없었던 과한 행복과 설렘을 느꼈다는 것이다. 또래 친구들과 데이트를 할 때는, 돈 모아서 같이 더치페이하며 분식집에서 데이트를 하고. 학원 끝난 뒤 잠깐 뒷산에 있는 놀이터에 앉아서 얘기를 나눴던 게 전부였다. 하지만 누나와 함께 하는 데이트는 달랐다. 내가 감히 친구들과는 같이 올 수 없는 고급 레스토랑을 가게 되고 사는 곳을 멀리 벗어난 곳으로 여행을 간 적도 있었다. 나는 이 모든 것들이 너무나 새롭고 신비로웠다.

하지만 그것도 잠시, 만나면 만날수록 나는 불안해지기 시작했다. 또래의 친구들을 만났을 때 느낄 수 없던 너무나 큰 벅참을 느끼게 되니까 그랬다.

"이 사람을 잃으면 어떡하지?"

혹시는 역시가 된다고 했던가. 그렇게 불안에 휩쓸린 나는 누나에게 집착하기 시작했고 우리의 관계는 이상하게 흘러가기 시작했다. 몇 번은 나를 다독이고 달래주며 했던 말이 아직까지 기억난다.
"괜찮아 유신아, 나는 너 절대 안 떠나. 너도 나 떠날 생각 없잖아? 나도 똑같아."

이 말은 따듯하게 감싸주듯 나를 진정시켰으나, 사실 그건 단지 반창고에 불과했다는 듯 나는 금세 불안해졌다. 또다시 집착을 반복하다가 결국 우린 머지않아 이별을 맞이했다. 내 인생에서 정말 크나큰 아픔이었다. 지금 생각해도 그런 적이 있었나 싶을 정도로 매일 그 사람이 꿈에 나오고 하루도 쉴 틈 없이 그리웠다.

나이 차이가 많이 나는 연애가 주는 파장은 '내가 이제껏 경험하지 못한, 감당할 수 없는 행복'을 느끼도록 해주는 것이다. 내가 하루에 먹는 밥의 양은 한 공기면 충분한데, 한꺼번에 3공기 이상의 양을 먹으려고 하니 어떻게 탈이 안 날 수 있을까? 사람들은 편파적으로 생각하며 부정적인 입장을 가지는 경우가 많다.

"나이 차이 많이 나는 사람이, 네가 뭐가 좋다고 만나겠어? 그냥 어리니까 좋은 거야. 어리니까"

정말 문제가 되는 건, 둘 사이의 만남이 어떻든 레벨이 맞지 않는 사람끼리 만난다는 것이다. 우리가 나이를 먹는다는 것은 숫자가 변하는 것 이상의 의미를 가지고 있다. 똑같은 생각을 하더라도 더 깊이 있는 사고를 할 수 있게 되고, 좀 더 다양한 것들을 경험하며 숙련도가 쌓이게 된다. 그러니, 똑같은 선물을 주더라도 더욱 값지게 느껴지고. 똑같은 말을 하더라도 더욱 사랑스럽게 들리고. 똑같은 배려를 하더라도 더욱 감동이 더해진다. 겉으로 보면 굉장히 좋아 보일 수 있지만, 사람의 욕심은 항상 위를 향하지 아래를 쳐다보지 않는다. 만약 내가 느낄 수 없었던 과한 행복을 느끼게 되면, 그것은 나의 행복을 느끼는 기준에 새로운 기준을 제시하고. 그것에 부합하지 않는다면 나머지는 부족하다고 느낀다.

나의 일화를 소개하면서까지 중요하게 말하고 싶은 것은 쉽게 눈에 보이는 나이 차이를 예로 소개했지만 눈에 보이지 않는 '사람과의 레벨 차이'를 생각해야 한다는 것이다.

우린 나이가 똑같다고 해서, 똑같은 성숙함을 가지지 않는다. 누군가는 나보다 어린데도 불구하고 더욱 깊이 있는 사고를 한다든가. 더욱 많은 돈을 번다든가. 또 다른 누군가는 나보다 훨씬 나이가 많은 데도 불구하고 나잇값 못한다는 말을 듣는다. 그렇기에 나와 비슷한 나이일지라도, 겉으로 보이는 것들이 비슷하더라도. 보이는 게 다가 아니다. 만약 어떤 사람을 만났을 때, 다시는 이 행복을 느낄 수 없을 것 같다는 생각이 든다든가, 정말 이 사람은 내 인생의 마지막 사람이라는 생각이 든다면. 그건 내가 감당할 수 있는 사람이 아니라는 방증이다.

"왜요? 나도 그 사람 위해서 충분한 노력을 하잖아요. 그 사람도 나를 사랑하고 좋아하니까 계속 만나는 건데... 왜 감당이 안 돼요?"

거꾸로 생각해보자. 상대방이 나에게 과하고 벅찬 행복을 느끼는 현재의 모습까지, 우린 그 사람이 만들어진 '결과'만을 바라볼 뿐. 과정을 볼 수는 없다. 하지만 상대방이 여러분을 다른 이성보다 더욱 행복하게 해준다는 건, 그들과는 다른 경험이나 깊이를 채웠다는 것 아닐까? 그 깊이는 그저 나오는 게 아니라, 본인을 좀 더 채찍질하며 눈을 높인 결과물이다.

결국, 나는 그 사람의 '결과'를 사랑하고 좋아하면서, 상대방은 나의 '노력'을 사랑해주길 바라는 마음. 그건 이기적이라고 생각해봐야 하지 않을까. 그 이기적인 마음이 서로의 틈을 만들어내게 되고, 그 틈은 연인관계에 집착을 낳게 된다.

그래서 내가 너무나 벅찬 행복을 느끼게 해주는 사람보다는, 균형 잡힌 식사를 하듯 소소하지만 꾸준한 행복을 느끼는 사람을 만나길 바란다.

# 연애에 해로운 완벽주의

어느 추운 겨울날이었다. 이날도 나는 라이브 방송 준비를 위해 거울을 보고 있었다. 한 올씩 머리에 볼륨을 주며 스타일을 만들고, 21호 파운데이션과 컨실러를 섞어가며 피부를 좀 더 화사하게 만들었다. 또한 그날의 스타일에 어울리는 코디를 위해 파란색 니트를 선택했다. 나는 연애와 인간관계를 중심으로 토크를 하는 유튜버지만, 보이는 모든 것을 매력적으로 가꾸기 위한 노력을 소홀히 하지 않는다.

그렇게 거울 속에 비친 나를 보며 만족했다. 다음은 카메라를 켜고 5개의 조명이 나를 잘 비추는지 점검한 뒤, 원노트를 켰다. 이 노트는 내가 처음 방송할 때부터 지금까지. 모든 방송에 관련된 아이디어가 보관된 창고인데, 나는 늘 오늘의 방송에서 이야기할 주제와 대본을 다시 한번 점검한다. 그렇게 촬영 시작 4시간 전부터 열심히 준비하며, 내가 생각한 완벽에 걸맞은 수준이 되어야 방송을 여유롭게 진행한다.

방송을 시작하면, 채팅창에는 수많은 대화가 쏟아져서 각자의 사연들로 화면이 빼곡히 채워진다. 이별로 인한 상처, 새롭게 만나는 사람에 대한 심리, 재회를 위한 방법 등 많은 텍스트가 쏟아진다. 하지만 그건 그저 텍스트에서 그치는 게 아니다. 각 글들은 사연자의 아픔을 담고 있어, 내 눈에 날카롭게 들어와 핏기를 세우게끔 한다. 방송을 하는 시간이 단 한 명이라도 더 구제하기 위한 전쟁처럼 느껴진다. 그렇게 방송을 진행하던 중, 이상하게 무던한 사연 한 문장이 눈에 띄었다.

"유신님, 저는 연애를 못 해요. 저는 남자 만날 때 어느 정도의 감정은 있어야 연애를 시작할 수 있는데… 그 전에 남자들의 감정은 다 끝이 나버려요."

이 사연을 읽고서 나는 아무 말도 하지 않았다. 그저 눈만 좌우로 움직이며 몇 번이나 저 글을 다시 읽었다. 다른 시청자들은 화면이 멈춘 것 아니냐며 댓글을 적었고, 나는 한참을 말없이 생각했다. 그렇게 침묵의 시간을 보낸 뒤 한 마디를 꺼냈다.

"그거 완벽주의 때문에 그래요."

누구나 다 완벽주의를 가지고 있다. 그렇게 방송준비를 열심히 하는 나를 봐도 그렇다. 완벽주의는 결과를 가져다주는 데 있어 긍정적인 역할을 한다. 일을 할 때는 좀 더 디테일한 것들을 체크하니 훌륭한 성과를 만들어낸다. 공부를 할 때도 내가 모르는 부분은 무엇일까를 고민하다 보니 좋은 성적을 받게 된다. 어디 그뿐일까. 인생에서 자신을 경영할 때 내가 더 나은 사람이 될 수 있도록 성장시킨다.

이렇듯, 완벽주의는 사람을 긍정적으로 발전시키기에 습관으로 자리 잡을 가능성이 매우 크다. 습관은 많은 행동이 반복되고, 그 행동의 결괏값이 긍정을 불러오면 우리의 뇌는 행동을 습관화시킨다. 하지만 완벽주의가 부정적인 반응을 일으키는 곳이 있다. 바로 연애다. 공부나 일을 대하는 것, 완벽주의는 나를 좀 더 나은 사람으로 만들어주는 것처럼 긍정적인 역할을 해주지만 연애에서는 이야기가 달라진다.

연애라고 말했지만, 사실 인간관계라는 부분에서는 크게 문제 되지는 않는다. 완벽주의가 제대로 지켜지면, 늘 주변 사람들로부터 더 훌륭한 평가를 받게 된다. 기준과 책임감이 명확한 사람. 늘 열심히 살고 최선을 다하면서 사는 깐깐한 사람. 사회 관계에서는 완벽주의가 어쨌든 타인에게는 긍정적인 결과와 에너지를 미치니 문제가 되지는 않는다.

그러나 이게 연애에서 문제가 되는 이유는 명확하다. 연애는 '과정'을 함께하는 관계기 때문에 문제가 된다. 완벽주의라는 것은 '결과'를 중심으로 놓고 하는 하나의 목표의식과 같다. 어떤 하나의 일이 완벽하다고 평가하는 것은, 과정에서 들어가는 노력이 아니다. 오로지 결과로 판단된다. 하지만 연애는 어떤가? 상대방과 내가 함께 가꾸는 일이다. 상대방이 나에게 선물을 준비했을 때, 그저 선물의 값어치만큼 우린 감동하지 않는다. 그 선물이 내 눈앞에 오기까지. 그 사람은 내가 뭘 좋아할까를 고민하며 보낸 시간들과 정성. 그것들이 우리에게는 충분한 감동으로 전해지는 것처럼 말이다.

서로 다른 두 사람이 사랑이라는 과정을 함께하는 것이 연애다. 하지만 '완벽주의' 습관이 연애를 바라보는 데 있어 영향을 끼친다면 2가지 문제가 발생한다.

하나. 그 사람이 이뤄놓은 결과만 놓고
평가하고 판단한다.

둘, 그 기준 역시 내 기준일 뿐이다.

완벽주의는 과정이 아닌 결과에 맞춰진 목표의식과 같으니 처음 관계가 발전되어가거나, 계속 관계가 깊어짐에 있어서도 문제가 된다. 처음 바라볼 때는 '내 기준'만을 놓고 상대방을 평가한다. 이 사람이 나한테 좋은 행동을 하는가? 하지 않는가? 그것이 상대방에게 마음을 열게 되는 기준점이 되고 그 기준에 부합하지 않는 것들이 단 몇 개라도 있으면, 결국 그 사람은 좋은 사람이 아니라고 판단하며 마음을 주지 않는다.

하지만 더 큰 문제가 바로 두 번째 문제인데, 나는 그럼 타인을 감히 평가할 완벽한 사람일까? 내가 그것들을 충분히 판단할 정도로 신 못지않은 인자함과 빌게이츠 못지않은 명석한 두뇌. 노자 못지않은 도덕심 등을 지닌 훌륭한 사람일까? 그렇지 않다. 설령 어느 한 분야의 정상에 있더라도 나도 모르는 게 훨씬 많은 불완전한 사람에 불과하다.

내가 완벽하다고 생각하는 기준들마저 내 기준에 불과하다. 그렇기에 이 기준으로 상대방을 바라보면 그 사람의 진가를 다 알아볼 수 없다. 정말 괜찮은 사람이라는 건, 내 기준에서만 생각하는 기준에 부합하는 사람이 아니다. 사람들은 각자의 매력이 있다고 말하듯, 각자의 기준과 노력이나 성과가 있는 것 아닐까? 또한 연애를 하는 중간에도 문제가 된다. 완벽주의 성향으로 인해 우리는 '이렇게 해야 우리 관계에는 문제가 없어" 라고 말하며 상대방에게 바라는 것이 많아지거나 포기하게 된다.

너무 상대방에게 바라는 것이 많아지곤 한다거나, 늘 너무 짧은 연애만 한다면 한 번은 점검해봐야 한다. 내 기준을 상대방에게 강요하듯 표현하진 않았는지. 그 기준 역시 내가 생각하는 기준일 뿐, 정답은 아니다. 연애를 한다는 것은, 함께 정답을 찾아가는 과정에 있는 것이다. 절대 상대방의 기준에 부합하고 인정받아야 하는, 마치 비즈니스 관계 같은 게 아니라는 말이다.

우리의 연애가 완벽해지길 바란다면 사랑에 있어서만큼은 완벽주의를 내려놓자.

# 나는 왜 이상한 사람만 만나게 되는 걸까

언젠가 한 번, 내 친구들과 여자친구들이 모여 술 게임을 한 적이 있었다. 그 날은 한 친구의 생일이었다. 그래서 친구의 여자친구까지 우린 6명이 모이게 되었고, 테이블에는 정신없을 만큼 많은 접시들과 술잔들이 놓여 있었다. 많은 사람이 술자리에 있으면 술 게임이 빠지지 않는다. 우린 각자가 좋아하는 게임을 하다 마피아 게임을 하게 되었다.

그렇게 마피아 게임을 4번 정도 했을까? 나는 게임을 시작할 때마다 고개를 들며 외쳐야 했다.

"나 마피아 아니야... 쳐다보지 마."

고개를 들자마자 다른 친구들은 전부 나를 보고 있었기 때문에, 도둑이 제 발 저리듯 해명해야 했다. 평소 사람의 심리를 잘 알고 사람 보는 눈이 좋다고 판단했기에 가장 먼저 날 의심했던 것 같다. 사실 실제로 마피아가 당첨된 적은 한 번도 없었지만 매 판마다 오해를 사며 시작해야 했다. 그렇게 즐거운 분위기 속에서 게임은 계속됐다. 나는 시민으로서 살아있을 때마다 전부 마피아를 맞췄다. 그렇게 몇 번의 게임이 끝난 뒤 화장실을 가려고 자리에서 일어났을 때 친구가 따라 일어섰다.

"유신아 너 경남이가 마피아인 거 어떻게 알았어? 아니 어떻게 매 판마다 그걸 다 맞춰?"

나는 답해줬다. 그저 너희에게 안 보이는 것을 볼 뿐이라고. 친구는 더욱 미간을 찌푸리며 되물었다.

"안 보이는 걸 본다고? 무당이라도 된다는 거야?"

그 말에 다시 한번 우리는 빵 터져버려서 화장실은 웃음소리로 가득했다. 그리고는 친구에게 설명했다.

"경남아 너 오늘 시민이가 무슨 옷 입고 있었는지 기억나? 대충 니트에 청바지, 흰색 신발, 이런 건 기억나지? 근데 시민이가 오늘 헤어스타일이 어땠는지, 벨트를 했는지 안 했는지, 신발끈이 얼만큼 더러워졌는지. 이런 건 기억 안 날 거야."

"마피아인 걸 어떻게 알았냐면, 마피아가 할 법한 행동을 캐치하는 거야. 다른 애들은 자기가 결백하다는 걸 알겠지? 그러니까 누가 마피아인지 의심의 눈초리를 가지며 말하고 행동해. 하지만 마피아는 본인이 마피아인 걸 아니까, 남을 의심하듯 행동하기보다는 나를 포장하려고 행동하거든."

결국 마피아 게임의 승패를 알아보는 것은 남들이 쉽게 알아보지 못하는 것들을 캐치하는 게 중요하다. 이건 사람 보는 눈이 좋은 사람들의 원리와 똑같다. 그렇다면 사람 보는 눈이 좋은 사람과 안 좋은 사람들의 차이는 무엇일까?

연애고민을 할 때, 종종 이런 말을 듣는다.

"유신님... 저 남자친구가 알고 보니 쓰레기였어요. 다음에 이런 남자 안 만나려면 뭘 봐야 해요?"

사연자도 분명, 본인이 가진 기준을 통해서 남자를 보고 괜찮은 사람일 것이라고 판단했을 것이다. 반면 남자 보는 눈이 트인 여자들은 대체로 이런 고민에 공감하지 않는다.

"그게 안 보여? 행동하는 거 보면 딱 알겠던데."

이 둘의 차이는 딱 하나뿐이다. 그저 '감정적인 끌림' 만을 가지고 이성을 바라보느냐, 혹은 그 이상의 기준을 세우고 상대방을 바라보느냐. 대부분의 사람은 저마다 좋아하는 이상형을 가지며 이성을 바라보고 감정을 키워간다. 그리고는 정확히 합리화한다.

"이 사람은 내가 좋아하는 사람이니까 좋은 사람일 거야."

하지만 잘 생각해봐야 한다. 우리의 생각과 감정이 일치했다면, 우린 공부해야 한다는 걸 알면서도 공부하기 싫은 마음이 들지 않았을 것이다. 또 다이어트에 성공하려면 먹지 말아야 한다고 생각하면서, 군침이 도는 배고픈 감정이 들지도 않는다. 이렇듯 좋아하는 감정은 마음이 판단하는 것이고, 그 사람이 좋은 사람일지 아닐지는 머리로 냉정하게 판단해야 한다. 그렇다고 이성을 보는 눈이 없는 사람들이 이런 판단을 하지 않는다는 게 아니다. 하지만 대체로, 너무 눈에 뻔히 보이는 옳은 것만을 생각하는 경우가 많다는 거다.

"이 사람은 말을 예쁘게 하는 사람이니까 괜찮겠지?"
"이 사람은 허세가 없으니까 괜찮겠지?"
"이 사람은 자기관리를 열심히 하니까 괜찮겠지?"

하지만 사람 보는 눈이 있는 사람들은, 결국 이런 게 중요하다고 판단하지 않는다. 저것들은 기본 중의 기본이니까. 딱 하나를 더 따진다.

"그래서 결국 그 사람의 특징이 우리 사이에 어떤 역할을 하는데?"

말을 예쁘게 한다고 해서, 화났을 때도 말을 예쁘게 하리라는 보장은 없다. 감정 컨트롤을 잘하는 사람이 말을 예쁘게 할 수 있는 법이다. 또 허세가 있으면 어떤가? 그 허세가 결국 나한테 더 잘하게 되고, 날 행복하게 해주기 위해 허세를 부린다면 좋은 것 아닐까? 무조건 허세 있는 게 나쁘다는 단편적인 시각을 버리자는 의미다. 또한 자기관리를 잘하는 게 나와 연애하는 데 무슨 상관일까도 생각해야 한다. 자기관리를 잘하면, 우리 관계도 잘할 것이라는 건 오판이다. 자기관리만 잘하는 사람이 있는 것이고, 자기관리도 잘하는 사람이 따로 있는 것이다.

이렇듯, 어떤 하나의 특징 자체를 놓고 좋게, 나쁘게 보는 건 사람 보는 눈이 없는 사람들이다. 진정 사람 보는 눈이 있는 사람들은 특징과 더불어 나와의 관계에서 벌어질 일들에 대해 종합적으로 판단하는 눈을 가진 사람들이다.

더 많은 것들을 깊이 있게 따져보아야 한다. 이것들을 따진다고 생각하면 왠지 계산하는 연애가 될 것 같아서 부담감이 들 수도 있다. 하지만, 그 계산은 결국 우리 관계가 더욱 행복해지기 위한 계산 아닐까? 많은 사람은 계산한다고 생각하면 부정적인 생각을 가진다. 한쪽이 득을 보면 누군가에게 실이 된다고 생각하니까.

하지만 서로에게 득이 된다면 그건 반드시 해야 하는 계산인 것이다. 그리고 무엇보다 중요한 건 내 마음을 내어주는 것이 바로 연애다. 다른 사람들도 아니고 단 한 사람에게만 줘야 하는 것이 마음이라면, 그 마음을 내어줬을 때 우리 관계가 더욱 행복해질 것인가를 계산하는 건 너무나 당연한 이치 아닐까?

# 관계를 매끄럽게 만드는 노력

경남이라는 친구가 있다. 이 친구는 굉장히 순수한 사람인데 늘 다른 사람들을 챙기는 배려심이 몸에 배 있다. 친구들끼리 놀 때면, 나는 시간과 장소를 잡는 모임장 역할이다. 다른 친구는 분위기를 띄우는 역할. 또 다른 친구는 4차원이라면, 경남이는 우리 친구들 사이를 항상 중재하는 친구였다. 또 술자리가 끝나고 헤어질 때면 항상 한 명씩 연락을 남기며 집에 잘 들어갔냐고 안부를 물어준다. 그러던 어느 날의 새벽. 그로부터 갑자기 전화가 온 적이 있었다.

"유신아. 자? 나 너무 화가 나서… 고민 좀 들어 줄래?"

늘 호의를 권리로 받아들이는 한 친구 때문이었다. 평소에도 문제가 많았지만, 경남이는 언제나 좋은 게 좋은 것이라고 생각하며 넘어가기 일쑤였다. 하지만 이번 일은 넘어갈 수 없다고 생각했는지 깊은 한숨과 함께 무거운 목소리가 수화기 너머로 느껴졌다.

"나는 태경이도 같이 두루두루 친하게 지냈으면 좋겠는데 이번엔 쉽지 않네. 내가 태경이한테 따로 보자고 약속 잡은 날이 있었어. 다음날 오후 3시에 보기로 했는데 약속 시간 전까지도 연락을 안 받더라고. 그 뒤로는 예상했던 대로, 약속장소에서 1시간을 기다렸는데, 다음날 다 돼서 연락이 오더라."

친구는 화를 삭이면서 되게 덤덤하게 말했지만 화를 내더라도 이상하지 않을 것 같았다. 이런 적이 한두 번도 아니었으니까. 또한 경남이는 그런 일이 있더라도 결국 다시 잘해주며 늘 호의를 베풀던 친구였다.

이 얘기를 듣다가 문득 과거의 연애 경험이 떠올랐다. 그 연애는 누가 봐도 을의 연애에 불과했다. 나는 한없이 잘해줬고 그 친구는 한없이 받는 데 익숙했으니까. 물론 처음부터 그 사람이 호의를 당연하게 여긴 것은 절대 아니었다. 그 사람 역시 내가 세심하게 챙겨주는 모습에 고맙다고 말을 전할 때도 있었고, 감동받으며 나한테 다시 잘해주는 경우도 많았다. 다만 그게 오래 지속되지 않았을 뿐. 비록 시간이 흐르고 겨우 깨우쳤지만, 나는 그 연애를 통해 배운 중요한 사실을 경남이한테 얘기해줬다.

"경남아, 너는 사람 관계를 잘하는 방법을 그저 순수하고 솔직한 마음으로 잘해주면 되는 거라고 생각하지 않아? 물론 그 많은 사람들이 너의 순수한 마음을 짓밟을 때도 있겠지. 그때마다 이런 생각을 했을 거야. 그런 사람은 그냥 지나치면 되는 것이라고.

그냥 나는 그저 잘해 주기만 하면 내 진심을 알아보는 사람이 결국 내 옆에 남을 거라고 생각했겠지. 근데 그 전에 네가 너무 많은 상처를 받고 지치지는 않을까 걱정돼. 어차피 사람들에게 잘해줄 필요가 없다고 생각하며 마음을 닫아버리는 거, 그게 정말 무섭거든."

경남이는 떨리는 감정을 삼킨 채 말을 이었다.

"유신아, 네 말대로 그저 잘해주는 게 맞는 건 아니라고 생각하지만 진심은 언제나 통하는 법이라고 하잖아. 난 솔직히 그 말을 믿거든?"

친구의 말을 가르며 나는 빠르게 대답했다.

"말 끊어서 미안해. 근데 진심은 언제나 통하는 법이다? 그건 우리의 마음이 기대하는 믿음이지, 현실일까? 난 신이 있다고 믿어. 하지만 신이 나를 취업시켜주고 잘살게 해줄 거라고 생각하지는 않아. 넌 그렇니? 현실은 내가 책임지고 이끌어야 하는 거잖아. 관계도 똑같아."

"진심이라는 것도 올바른 상황이 전제되어야 통한다고 생각해. 친구 관계든 연인 관계든 내 마음이 상대방에게 닿기 위해서는 '내가 그저 잘하기만 하면'이라는 막연한 생각보다는 적당한 호의가 필요해. 무조건 잘해주는 게 아니라 적당히 잘해줘야 한다는 거야. 근데 웃긴 게 뭔지 알아? 난 적당히 잘할 뿐인데, 관계는 더 좋아진다는 거지."

그렇게 경남이는 스스로를 되돌아보며 생각에 잠겼고 어느새 수화기 너머에서 들려오는 목소리는 편안해졌다.

# 관계를 부드럽게 만드는 노력

약 2주 뒤, 다시 경남이로부터 전화가 걸려왔다. 난 항상 일을 많이 하는 걸 기억했는지, 경남이는 조심스럽게 물어봤다. "혹시 지금 전화 괜찮아?" 나는 마침 상담을 마치고 여유가 있었기에 괜찮다고 말했다. 또 한편으로는 경남이가 하는 이야기도 궁금했다.

"유신아, 네가 지난번에 해준 이야기 있잖아. 마냥 잘해주는 게 아니라는 말. 난 네 말대로 그냥 잘해주기만 하고 그걸 당연하게 생각하는 사람이 잘못됐다고 대하면서 행동한 거 같아. 근데 이게 연애가 됐든 친구 관계가 됐든 똑같이 그랬더라고. 어떻게 하면 감당 가능한 선에서 할 수 있는 거야?"

내심 기대했던 질문이 나왔기에 속으로 박수를 치며 대화 속으로 빠져들었다.

"그건 생각보다 간단해. 2가지 단계가 있는데 첫 번째는 보상심리를 생각해야 하거든."

"보상심리?"

"응, 너도 주변 사람들에게 마냥 잘해주는 게 아니잖아. 잘해줘도 되겠다고 생각하는 사람들에게, 혹은 잘해주고 싶은 사람을 이해하고 배려하는 거 아니야? 근데 생각해봐. 그 사람들이 똑같이 나한테도 잘해줬으면 좋겠다고 생각하거나, 혹은 적어도 고마움은 느꼈으면 좋겠다는 생각이 들지 않아?"

"응 그렇지? 솔직히 당연하게 받아들이기보다는 고마워했으면 좋겠어."

"맞아, 근데 고마운 감정은 답례를 하는 것처럼 다시 베풀게 만들잖아. 근데 이걸 바라지 않는 정도만 해줄 수 있어야 해. 어떤 배려나 호의가 됐든 관계를 위한 노력에 있어 무언가를 속으로라도 기대하면 그건 보상심리를 낳게 돼. 내가 한 노력에 대해서 보상받고 싶어 하는 마음."

"음... 잘 모르겠는데 조금만 더 정확히 말해줄 수 있어?"

“자, 네가 태경이랑 만나기로 한 날을 생각해봐. 걔는 온종일 연락이 안됐고, 한두 번도 아니었어. 그렇지? 그때 속으로 '설마 또 그러겠어?'라고 생각하지는 않았어? 그러지 않길 바라는 마음을 간직한 채, 너는 또 잘 해줬잖아. 그것도 보상심리야. 내 기대를 실망시키지 않았으면 좋겠다는 보상을 바라는 마음이지.”

“그러니까 유신이 너는 어떤 호의나 배려를 베풀 때. 그 사람에게 해줄 수 있는 정도껏 해주라는 말이지?”

“바로 그거야. 네가 그 사람을 소중하게 생각하는 만큼만 생각하면서 호의를 베풀어야 돼. 그래야 그 사람에 대한 보상심리로 상처받을 일도 없고, 상대방 역시 권리로 받아들일 일이 없어져”

“그럼 두 번째는 뭐야?”

“두 번째 방법은, 이 말을 잘 기억해놔. 사람은 타인에게 10만큼의 마음을 줘도 누군가는 1이라 받아들이기도, 100이라 받아들이기도 한다는 말이 있어. 사람들은 저마다 중요하게 생각하는 것들이 다르잖아. 누구는 손편지를 좋아할 수도, 지갑 선물을 좋아할 수도 있는데. 나는 정성이 제일 중요하다고 생각해서 손편지를 써줬다? 만약 그 사람이 손편지를 마음에 들어 한다면, 우린 마음이 통하는 것이라며 좋아해. 만약 그 사람이 달가워하지 않는다면, 내 마음을 못 받아들이는 거라고 생각하고 상처받지. 그럴 필요가 없어. 애초에 내가 주고 싶은 걸 주는 게 아니라 상대방이 받고 싶은 걸 해주는 게 제일 현명하거든. 또한 내가 중요하게 생각해서 주는 것이라 할지라도, 충분히 그 사람이 좋아하지 않는다면 그건 내가 과한 마음을 베푸는 거야. 하지 말라는 게 아니야. 우리가 마음을 전하는 이유는, 그 사람과 관계를 좋게 하기 위함이잖아. 그럼 뭐가 더 중요할지 생각해야 하는데 그걸 생각 못 하니까, 그저 내 마음대로 행동하고 나만 상처받는 거지.

정말 상대방과 관계를 잘하고 싶다면, 그 사람이 뭘 좋아하는지. 어떤 것에 관심을 가지는지, 뭘 중요하게 생각하는지를 잘 생각해봐. 이해가 잘 안 되면 두 사람이 있다고 가정해보자.

사람 똑같이 연락을 잘해주길 바란다고 해보자. 근데 한 사람은 연락을 잘해준다고 생각하는 기준이 답장 속도야. 연락을 잘해준다는 건 곧 답장이 빠른 거라고 생각해. 하지만 다른 한 사람은 답장 속도보다는 내용을 중요하게 생각할 수도 있잖아? 답장이 조금은 느리더라도 상세하게 내가 뭘 하고 있는지. 어떤 일들이 있었는지. 통보하지 않고 상세하게 소통해주는 게 연락을 잘해주는 거라고 생각하는 거지. 이 둘에게 각각 어떤 노력을 해야 하는지 이해 가지? 만약 그 사람이 중요하게 생각하는 걸 깨닫지 못한다면 그저 내 식대로 노력하고 상처받고, 상대방도 서운해하지 않았을까?"

이렇듯, 우리는 관계에 그저 최선을 다하면 그 노력이 돌아올 것이라는 생각을 한다. 하지만 이것은 착각에 불과하다. 정확히는 내가 상대방에게 무언가를 기대하며 노력하기보다는 내가 해줄 수 있는 노력, 해주고 싶은 만큼 노력을 하는 게 좋다. 또한, 노력을 하더라도 내가 중요하게 생각하는 것들만 주어서는 안 된다. 상대방이 받았을 때 감동할 수 있는 것들을 먼저 생각한 뒤, 내가 해줄 수 있는 것이라면 해주자. 그게 현명한 방법이다.

모두가 저마다의 달을 그린다

세상에 달은 하나지만

세상을 살다 보면 생각하지 못한 곳에서 배움을 얻기도 한다. 내 인생의 관심사는 분명했다. 뮤지컬이나 연극, 오케스트라 같은 문화생활을 별로 좋아하지 않았다. 그저 혼자 생각하고 사색할 수 있는 조용한 카페에 가는 일 또는 사람을 만나는 일. 이런 것들을 굉장히 좋아했다. 하지만 어느 날 지인을 통해 큰 사고의 변환을 겪고, 세상을 배운 적이 있었다.

"유신님 잘 지내시죠? 저 이번에 서울 올라가요."

평소 친하게 지내던 지인이지만, 부산에 살고 있어서 볼 기회는 적었다. 오랜만에 서울에 올라온다고 하길래 무슨 일인지를 물어봤다. 서울에서 새로 열리는 미술관 전시를 보러 올 계획이라며 안부 인사를 전했던 것이다. 난 그때 일을 하면서 전화를 받았기에 수화기 너머로 말을 들으며 컴퓨터 앞에 앉아 있었다.

그렇게 미술관에 대해 설명을 들으며 서칭을 해보던 중 모니터 화면 너머로 한 문장을 보게 되었다. 그 순간 세상이 멈춘 듯 한참 동안을 글귀와 그림을 바라보며 생각에 잠겼다.

"세상에 달은 하나지만, 모두가 저마다의 달을 그린다."

이 말은 내게 2020년 올해의 글귀로 마음속 깊숙하게 자리 잡았다. 침대 머리 위의 무드등에도 같은 글귀가 쓰여 있다.

우리는 달이라는 하나의 이미지를 떠올려도 같은 것을 생각하지 않는다. 누군가는 달과 지구상의 거리를 생각한다. 또 어떤 이는 어릴 적에 들었던 달에 토끼가 산다는 이야기를 떠올릴 수도 있다. 그리고 누군가는 달빛에 비친 연인 간의 소중한 추억을 떠올린다.

이날, 나는 관계의 중요한 본질에 대해 생각하게 되었다. 세상에 달이 하나이듯, 우리의 존재 역시 모두 하나다. 마찬가지로 나는 하나지만, 모두가 나에 대해 생각하는 이미지는 각각 다르다. 나의 가장 친한 친구들은 나를 이 세상 누구보다 정이 많은 사람으로 기억한다. 그리고 부모님은 똑똑한 아들로, 내 연인은 배울 점이 많은 사람으로 떠올린다. 그것은 분명 모두 나지만 나는 이렇듯 다양하게 그려진다.

더 나아가 말이라는 것에 대해서도 생각하게 됐다. 언젠가 연애를 하면서 상처받고 아파했던 기억이 있는데, 같은 것을 생각했다고 기대했지만 그게 아닌 순간이 바로 그랬다. 그 사람은 나와 일면식도 없는 사람이었다. 우린 정말 잘 맞는다고 느꼈다. 한 번 통화를 하면 5시간이 넘도록 시간을 보냈으며 대화는 끊이지 않았다. 그렇게 우린 서로를 깊게 이해하는 사이라 생각해서 진지한 만남을 가지게 되었다.

우리가 전화통화를 하며, 정말 잘 맞는다고 느꼈던 부분 중 하나는 '시간 낭비' 하는 것을 굉장히 싫어한다는 점이었다. 그 사람도 본인의 시간이 소중한 것처럼 남의 시간 역시 귀하다는 것을 아는 사람이었다. 우린 그런 서로를 굉장히 좋아했다. 하지만 늘 좋기만 한 연인 사이가 어딨을까? 때로는 연인 사이에 싸움은 피할 수 없다고 말하지만, 우리의 싸움은 정말 예상 벗어나도 한참 벗어난 다툼이었다.

"넌 왜 그렇게 중요하지도 않은 데 시간을 써? 너도 그랬잖아. 시간 낭비하는 거 딱 질색이라고. 그때 나한테 거짓말한 거야?"

그녀의 말 한마디는 나를 굉장히 실망하게 만들었다. 시간을 낭비하는 게 딱 질색이라며 내가 시간을 쓰는 부분을 이해하지 못했다. 나는 평소 혼자 생각하는 시간이 많은 사람이었고, 그 사람은 다른 사람들과 어울리고 뭐라도 하는 것을 좋아하던 사람이었다.

우리가 간과했던 점은 간단했다. 서로는 분명 시간의 소중함을 깨우쳤지만, 내가 중요하게 생각하는 것들을 당연하게 소중히 여길 거라고 착각했던 거다. 아마도 맨 처음에 우리는 머릿속으로 이런 생각을 했지 않았을까?

"그 사람도 시간낭비 하는 걸 싫어한다고 했으니, 효율적으로 사람 만나고 배우는 걸 좋아하겠지?"

"그 사람도 시간낭비 하는 걸 싫어한다고 했으니, 사색하는 걸 좋아하겠지?"

우린 그렇게 같은 말을 했지만 사실은 서로 다른 생각을 하고 있었다. 그렇기에 그녀는 내가 생각하고 고민하는 시간은 그저 멍 때리는 시간이라고 생각했을 것이고 시간을 잘 못 쓰는 거라고 판단했던 거고. 나 역시 똑같았다. 이것저것 많은 경험을 하는 사람이었지만 난 그게 굉장히 비효율적이라고 생각했다. 내가 잘하는 것, 관심 있는 것만 깊게 파도 모자란 시간인데 그저 시간을 때우는 사람이라고 생각하기 일쑤였다.

이건 굉장히 사소한 일들 중 하나에 불과하다. 연인들 간에 서운함이 생길 수 있는 문제는 매우 다양하다. 꼭 빼놓을 수 없는 연락문제, 이성친구, 술자리 등 모든 문제가 그렇다.

"나는 내 애인이 서운해할 일들을 하고 싶지 않아."

처음 연애를 시작할 때면, 우린 늘 이렇게 말하곤 한다. 하지만 그것도 잠시. 나를 서운하게 하는 연인을 마주하게 되고, '나라면 그렇게 하지 않을 거 같은데.' 하는 생각들을 하게 된다.

그 사람은 술자리가 중요하니까 술자리에 참석할 수밖에 없는 이유를 구구절절 설명한다. 하지만 난 결국 술자리에 갔다는 사실이 중요하기에, 나라면 안 그럴 텐데 하는 생각만 하게 된다.

연락문제도 마찬가지다.

남자는 중요한 상황이 겹쳤기에 4시간 만에 연락할 수밖에 없는 명백한 이유가 존재한다. 그러나 여자는 4시간이 늦을 수밖에 없는 이유보다 늦었다는 사실이 중요하다. 그리고는 역시 나라면 그렇게 하지 않을 텐데 하는 것들만 생각한다. 그리고는 상대방을 의심한다. 날 좋아하지 않거나 거짓말을 하고 있는 거라고. 하지만 우린 같은 말 속에서 착각을 한 게 아니었을까. 내가 중요하게 생각하는 것들. 내가 기분 나쁘지 않은 것들. 이렇게 해주길 바라는 것들을 생각하면서 말이다. 우린 많은 걸 상대방에게 모두 구구절절 설명하며 요구하고 부탁하지 않는다. 그저 '진심' 하나만 있으면 자연스럽게 날 속상하게 하지 않을 거라고 믿는다. 하지만 실상은 그렇지 않다.

나는 같은 말을 하더라도, 그 안에 담긴 다른 의미를 생각하는 힘이 필요하다고 느꼈다. 그 사람이 이해되지 않는 행동을 하더라도 충분히 소통하고 상대방의 입장에서 생각해야 한다. 결국 그게 목적에 부합하는 행동이라면 그저 막연히 서운함에 휩싸인다거나 무작정 의심하고 상처받지는 말아야 한다는 말이다.

# 좋은 사람은 만나는게 아니라 만드는 것이다

"남의 이야기를 잘 들어주는 사람을 만나."

내가 성인이 됐을 때 건대에 위치한 한 술집에서 들었던 말이었다. 말을 건넨 사람은 직장 선배였다. 나이 차이가 10살 정도 났었다. 이 선배는 좋은 여자친구를 만나고 있었고 생각도 꽤나 깊은 사람이었다. 입사한 지 얼마 안 됐을 때부터 잘 챙겨주던 사수이기도 했다. 그 당시 선배의 영향력은 어린 나에게 굉장히 컸다.

선배는 나의 롤모델이었다. 가장 배우고 싶었던 것은 주변 관계를 잘 관리하는 점이었다. 직장에 꽤 이기적이라 많은 사람들이 싫어하는 사람이 있었다. 어린 내가 보기에도, 굉장히 자기중심적이라고 생각이 드는 사람이었기에 그저 거리를 두기에 바빴다. 그 사람이 말을 걸면 어떻게 대꾸하지를 생각하며 피해 다녔다. 그러나 선배는 마냥 싫어하는 게 아니라 적당한 거리를 둘 줄 알았다. 그리고 그저 답답해하고 화를 내기보다는 회유적으로 잘 달래기도 했다.

그렇게 이 선배를 만나며 사람을 대하는 방법에 대해 본격적으로 공부하기 시작했다. 좋은 사람이란 어떤 사람일까? 수없이 고민하며 많은 시간을 보냈다. 굉장히 많은 사람들을 만나며 이야기를 들었고, 저마다 생각하는 '좋은 사람의 기준', '나쁜 사람의 기준'을 경청했다. 또한 사람을 가장 깊이 있게 배울 수 있는 서양과 동양의 인문학에 관련된 책도 두루 섭렵했다.

시간이 지남에 따라 사람을 보는 눈은 더욱 깊어졌다. 처음엔 그저 배려를 잘하는 사람인지. 거짓말을 하지 않는 사람인지. 남에게 이기적인 모습을 보이지 않는 사람이라는 게 눈에 보였다. 점점 알기 쉬운 기준들을 통해 좋은 사람과 나쁜 사람을 구분 지었다. 그러나 수년이 흐른 지금. 적어도 이분법 잣대를 세우며 사람을 판단했던 건 매우 잘못된 생각이었다고 반성하고 있다. 누군가를 단순히 좋은 사람, 나쁜 사람이라고 판단하는 건 사실 무의미하다.

예를 들어 한없이 남들에게는 자상한 사람이더라도 나한테 자상하지 않다면 나만큼은 그 사람을 좋은 사람이라고 여기지 않는다. 또 거짓말을 잘 하지 않는 사람이지만 자신의 이익을 굉장히 중요하게 생각하는 사람이라면 결국 거짓말을 칠 수도 있다. 그리고 그 사람의 이익이 나에게 피해나 상처를 입히는 결과를 초래한다면 나는 그를 또다시 나쁜 사람이라고 생각할 수밖에 없다.

언젠가 비슷한 경험을 한 적이 있었다. 내가 알고 지낸 사람 중 C는 평판도 굉장히 좋고, 남을 잘 배려하는 사람이었다. 술에 취하면 자기가 무조건 계산을 하려고 하는 습관이 있는 사람이었다. 많은 모습들이 타인으로 하여금 '좋은 사람'으로 비칠 수밖에 없는 사람이었다. 그러나 여자친구에게 보여준 모습은 정말 역설적이었다. 내 지인을 C에게 소개해 줬을 때였다. 얼마 지나지 않아 둘은 연애를 시작했다. 하지만 맞지 않는 부분이 있었는지 자주 다투게 됐고, 그들은 얼마 지나지 않아 헤어졌다.

C와 술을 한잔하며 헤어진 이유에 대해 듣게 되었다. 둘의 문제니 그럴 수 있다고 생각했다. 다음 날엔 헤어진 그 친구에게 전화를 받아 헤어진 이유를 듣게 되었는데, 그는 늘 자신에게 희생하고 포기해주기를 강요했다고 말했다. 처음엔 정말 그럴 리 없다고 생각했으나 많은 조각들을 맞춰보며 생각을 다시 해보니 점점 그 여자친구의 말을 믿게 되었다. 늘 사회에서 만나는 사람들을 챙기느라 여자친구는 뒷전이었던 거다. 또 돈도 쓰지 않으며 약속 시간에 늦는 것도 빈번하다고 했다.

나와 주변사람들에게 비치는 C는 정말 이상하리만큼 평판이 좋은 사람이었다. 돈을 얼마 벌지 못하는 걸 뻔히 아는데 이렇게까지 돈을 잘 쓰는 모습이며 항상 약속시간은 칼같이 지키며 좋은 사람들로 비치는 모습들. 어떻게 저럴 수 있을까 싶을 정도로 좋은 사람이었다. 그런 사람도 여자친구에게는 다른 모습을 보였던 거다.

이렇듯 사람은 상황에 따라 각기 다른 판단을 하는 유기적인 존재다. 이런 생각을 하면 좋은 사람, 저렇게 행동하면 나쁜 사람이 되는 것이다. 그러므로 그런 기준으로는 누군가가 정말 좋은 사람인지를 구분 지을 수 없다는 것이다. 왜냐하면 사람은 수많은 상황에 직면하면서, 언제나 같은 생각과 같은 감정을 느끼고 행동하는 게 아니기 때문이다.

C의 심리를 유추해보면, 그에게 꽤나 계산적인 성격이 있었던 게 아닐까 생각해보게 된다. 많은 사람들은 C가 그런 모습을 '숨겼다'고 생각할지 모른다. 그러나 엄밀히는 숨긴 게 아니라 그저 자신의 상황에서 옳다고 생각하는 최선의 판단을 했을 뿐이다. 내가 C를 보는 관점과 그의 여자친구가 C를 바라보는 관점이 다른 건, 서로의 관계가 '다른 상황'이기 때문이다.

그렇기에 사람의 어떤 모습이 좋게 보인다고 해서 그 사람이 좋은 사람이고, 나쁘게 보인다고 해서 나쁜 사람이라고 보는 것은 의미가 없다. 나한테는 좋은 사람일지라도 누군가에게는 나쁜 사람일 수 있고, 누군가에게는 좋은 사람이라 할지라도 나에게는 나쁜 사람일 수 있다. 바로 상황과 입장의 차이 때문에.

좋은 사람을 정하는 기준을 명확하게 따지고 누군가를 깐깐하게 평가하기보다는 나한테 어떻게 하는지를 살펴보는 게 가장 중요하다. 내가 중요하게 생각하는 것들을 함께 중요하게 여겨주는 사람. 내가 싫어하는 것들을 함께 싫어하는 사람. 내가 좋아하는 것을 함께 좋아해줄 수 있는 사람이 결국 나한테 좋은 사람이 되는 것이다. 그렇게 상황과 입장의 차이를 이해해야 한다.

내가 원하는 것들이 상대방에게 피해를 주거나 부담감을 준다면 상대방은 금세 포기하게 된다. 바쁜 남자친구에게 연락을 잘해주기만을 바란다고 해도 남자는 연락을 잘해줄 수 없을 것이다. 어쩔 수 없는 바쁜 상황이 있을 테니까. 날 좋아하지 않아서가 아니라 지금의 상황에서 최선을 다했지만 부족할 수밖에 없던 것이다.

하지만 당사자는 그 모습을 보면서 실망하며 그가 좋은 사람이 아니라고 판단하게 된다. 또 회식 때문에 집에 늦게 들어가는 남자친구가 마음에 들지 않아서 그 모습을 지적할 수도 있다. 하지만 남자친구는 늦게 들어가려고 한 게 아니라 다만 그럴 수밖에 없는 상황이었던 것이다.

사람은 단독적으로 무언가를 생각하고, 감정을 느끼지 않는다. 과학 시간에 자극과 반응에 대해 배웠던 것처럼, 사람은 '상황'이 주어져야 어떤 생각 따위를 하게 되고 그 안에서 감정을 느낀다. 그 말은 상황에 따라 다른 생각과 다른 행동을 한다는 것이다. 그렇기에 어떤 상황에 있느냐에 따라 누군가를 좋은 사람이라고 여기기도, 나쁜 사람이라 여기기도 한다.

예를 들자면 이런 거다. 평소 화를 잘 내지 않는 사람이라 하더라도, 몇 번이나 화날 수밖에 없는 상황이 반복된다면 충분히 화를 낼 수 있다. 그리고 그 사람의 자세한 상황을 모르는 우린 그저 그를 '화를 내는 사람' 정도로만 생각하는 거다.

우리가 간절히 원하는 것. 좋은 사람을 곁에 두고 만나고 싶은 바람을 이루기 위해서는 그런 사람을 '만나야 하는' 게 아니다. 그런 사람을 '만든다'고 말하는 게 더욱 어울린다. 우리에게 처한 상황을 생각했을 때, 그 사람과 내가 함께 좋아할 수 있고 그 어떤 쪽이 손해 보지 않는 선택을 한다면 그저 좋은 사람이 될 수밖에 없다.

“같은 남자도 누군가에게는 벤츠남, 누군가에게는 똥차가 될 수 있다.”

어쩌면, 언젠가 우리가 한 번쯤 봤을 법한 이 말의 참된 의미가 그런 뜻이 아닐까.

그렇기에 사람의 어떤 모습이 좋게 보인다고 해서 그 사람이 좋은 사람이고, 나쁘게 보인다고 해서 나쁜 사람이라고 보는 것은 의미가 없다. 나한테는 좋은 사람일지라도 누군가에게는 나쁜 사람일 수 있고, 누군가에게는 좋은 사람이라 할지라도 나에게는 나쁜 사람일 수 있다. 바로 상황과 입장의 차이 때문에.

좋은 사람을 정하는 기준을 명확하게 따지고 누군가를 깐깐하게 평가하기보다는 나한테 어떻게 하는지를 살펴보는 게 가장 중요하다. 내가 중요하게 생각하는 것들을 함께 중요하게 여겨주는 사람. 내가 싫어하는 것들을 함께 싫어하는 사람. 내가 좋아하는 것을 함께 좋아해줄 수 있는 사람이 결국 나한테 좋은 사람이 되는 것이다. 그렇게 상황과 입장의 차이를 이해해야 한다.

# 대화를 똑똑하게 하는 사람들

스무 살 때쯤, 잘하는 일을 해야 할지 좋아하는 일을 해야 할지를 고민한 적이 있었다. 그 시절의 나는 꽤나 성취 지향적으로 미래를 준비했다. 하지만 나를 아무리 돌이켜봐도 내가 뭘 잘하는지. 그리고 뭘 좋아하는지도 몰랐다. 그래서 그런 고민은 더욱 어렵게 느껴졌다.

친한 누나에게 연락을 했다. 이 누나는 그 당시 알고 지낸 지인 중에서 가장 자기관리를 열심히 하는 사람이었다. 또한 확고한 주관 역시 존재했던 사람이었다. 누나가 퇴근 후 내 이야기를 부담 없이 들어줄 수 있도록 미리 연락을 남겨놓았다. 메시지가 너무 진지했던 걸까? 누나는 무슨 일이 있냐며 바로 전화가 왔고, 마침 약속이 없다며 만나자고 말했다.

"누나는 지금 직업이 잘하는 걸 했던 거야? 아니면 좋아해서 하게 된 거야?"

난 형식적인 안부와 인사는 생략했다. 얼핏 보면 이상할 법도 하다. 그러나 처음 마주한 내 표정을 보자마자, 내 고민의 깊이를 눈치챘던 거 같다. 그녀는 말없이 나의 고민에 함께해 주었다.

십 초쯤 지났을까.

“좋아하는 거나 잘하는 거. 둘 다 중요해. 하지만 그것보다 중요한 게 하나 있어.”

그것보다 중요한 것? 어린 나에게는 이것보다 중요한 건 없지만. 누나의 말을 더 들어보기로 했다.

“그것보다 중요한 게 뭐야?”

“잘하는 걸 하든 좋아하는 걸 하든 상관없어. 성공하고 자리를 잡으려면, 열심히 하는 건 기본 전제가 되잖아. 근데 우린 좋아한다고 해서 무조건 열심히 하는 것도, 잘한다고 해서 열심히 하는 것도 아니야. 잘 생각해봐.”

"나는 좋아하는 것 중 하나가 피아노를 치는 거야. 그런데 좋아한다고 해서 매일 피아노를 치지는 않아. 내가 하고 싶을 때만 하지. 그리고 잘하는 거? 나는 디자인을 잘해. 하지만 매 순간 최선을 다해서 열심히 할까? 아니야. 잘하니까 또 게을러질 때가 많아."

"요지는, 잘하는 거든 좋아하는 거든, 스스로가 더 꾸준히 노력할 수 있는 걸 해야 한다는 거야. 그럼 넌 뭘 더 꾸준히 할 수 있는지부터 알아야 하지 않을까?"

난 순간 머리를 얻어맞은 것처럼, 굉장히 멍해졌다. 또 어떤 두근거림에 심장 박동이 빨라졌다.

"자, 유신이 너는 남들한테 좋은 영향을 끼치는 걸 꽤나 즐기는 사람이야. 그치? 그럼 네가 좋아하는 서비스업을 해볼 수도 있고, 말을 잘하니까 영업을 해볼 수도 있어. 뭘 해야 할까?"

"답은 좀 더 꾸준히 네가 지속할 수 있는 걸 해야 돼. 시간이 지나면 어차피 좋아하는 걸 해도 잘하게 되거든. 만약 네가 뿌듯함을 더 크게 느낀다면 서비스업을,

성취감을 더 크게 느낀다면 영업을 하는 거지. 결국 네가 뭘 하든 지속할 수 있는 게 제일 중요해."

이 하루는 내가 수많은 고객을 만나며 영업을 하고 남녀의 심리를 중심으로 관계와 처세를 풀어내는 직업을 갖게 되는 데에 중요한 변환점이 되었다. 많은 사람은 관계를 현명하게 대처하는 방법 중 하나가 '경청'이라고 말한다. 상대방의 말을 잘 들어주는 것, 대화 속에서 상대방이 전달하고자 하는 의미를 파악하는 것. 그리고 적절한 리액션을 해주는 것. 분명 이것들만 잘해도 대부분 인간관계를 하는 데 있어서는 무리가 없다. 지금까지 수많은 자기계발 도서를 읽어봤다. 책들은 늘 경청을 강조했다. 그러나 마치 물가상승률이 올라감에 따라 화폐가치가 하락하듯 사람들의 지식 수준과 교양이 올라감에 따라 누군가의 이야기를 잘 들어준다는 건 점점 기본이 되어가고 있다.

그저 말을 잘 들어주고, 리액션을 잘해주는 것은 편안하게 느끼게 해주는 것일 뿐. 다른 사람들과의 차별점이 되기에는 부족하다. 수많은 사람들이 내 이야기에 경청해주고 나를 편하게 만들어줬지만, 기억에 남는 사람은 단 몇 사람뿐이다. 그중 한 명이 내 꿈을 고민하며 충격을 준 누나였다. 이 누나는 그저 내 말을 잘 들어주고 리액션만을 해준 것이 아니다. 자신의 경험을 녹여내어 내가 놓치고 있는 것들에 대해 큰 허점을 짚어내며, 현명하게 길을 나아갈 수 있도록 도움을 줬다.

꼭 경험이 많아야 이 같은 충격을 줄 수 있는 게 아니다. '내가 좀 살아보니까', '내가 경험 좀 해보니까'라고 떠들며 꼰대 같은 말만 늘어놓는 사람들이 이를 반증해준다. 연인 사이를 포함한, 모든 인간관계는 '나에게 긍정적인 영향'을 주는 사람에게 끌릴 수밖에 없다. 그저 편협된 시각을 가지고 나쁘다와 좋다, 잘한 것이다와 잘못된 것이다, 잘했다와 잘못했다 등의 흑백을 가리는 것은 누구나 할 수 있는 일 아닐까?

좋다고 말하는 것이 옳았든, 나쁘다고 말하는 것이 옳았든. 그건 중요하지 않다. 세상 많은 것을 옳고 그름. 이 2가지로 나누고 살아가기엔 너무나 많은 변수가 존재한다. 우리가 대부분 고민하는 것들은 문제를 해결하고 싶어서다. 그러나 더욱 중요한 건 내가 '대처하는 힘'을 기르기를 바라는 거 아닐까.

그저 답을 제시해주는 사람이 아니라, 함께 답을 찾을 수 있도록 도와주는 사람이라면 절대 잊히지 않는다.

연인 관계에서, 친구관계에서, 직장 동료사이에도 함께 답을 찾을 수 있도록 돕는 사람은 절대 쉽게 잊히지 않는다. 더욱 사랑받을 수밖에 없다. 그리고 그런 사람이 되기 위한 시작은 흑백논리로 '해라 마라' 하는 것을 멈추는 것이다. 그 사람의 상황에서 함께 고민하고, 상대방이 놓치고 있는 과정을 함께 들여다보는 것이 중요하다. 때로는 감정적인 폭발 때문에 눈앞의 사실을 제대로 보지 못하는 것을 보게 해준다거나. 우유부단함 때문에 어떤 게 더 이득인지 모르는 상황에서 뭘 선택하는 게 더 이득인지를 찾게끔 되돌아볼 수 있게 해준다거나. 타인의 고민 속에서 생각해야 한다.

"나도 그거 고민해봐서 아는데."

라는 말은 절대 쓸모가 없다. 내가 아무리 그걸 경험했다고 한들, 내가 중요하게 생각했던 것과 상대방이 중요하게 생각하는 것은 다르다. 또 상황도 다르다. 시기도 다르다. 모든 게 다르기에 상대방의 입장과 상황에서 다시 고민하고 생각해봐야 한다.

우리 역시 타인에게 고민상담을 할 때든, 이야기를 할 때. 무조건 '해결' 해주기를 바라는 마음으로 대화를 이어갈까?

그렇지 않다.

그저 내가 생각하지 못한 것들이나 더욱더 내가 최선의 결정을 하기 위해 도움받기를 바랄 뿐이다.

# 3장

# 성숙한 사랑을 위한 조언

# 헤어진 연인을 잊는 방법

진심으로 사랑했던 사람과 헤어지고 며칠 밤을 새워가며 아파해본 경험은 누구나 있을 것이다. 이별은 나의 전부였던 사람이 떠나가는 일이니까. 누군가와 이별하고 아파하는 건 너무나 당연한 일이다.

이별 때문에 아파하는 이들은 간혹 시간이 약이라고 생각하기도 한다. 하지만 난 전혀 그렇게 생각하지 않는다. 시간이 흐른다고 자연스럽게 괜찮아지는 것은 생각보다 어렵다. 내가 이 이별을 이겨내고 괜찮아지기 위한 노력 또한 필요하다.

이별을 극복하고 이겨내는 것은 인정하는 것에서부터 시작한다. 이 사람과 완벽하게 끝났다는 것을 받아들여야 한다. 혹시 돌아오지 않을까 하는 미련을 완벽하게 털어내고 그 사람은 더 이상 날 사랑하지 않기에 떠났다는 가슴 아픈 사실을 받아들여야만 한다. 그것을 받아들이지 않고는 그 무엇도 시작할 수 없다. 하지만 쉽게 인정하기 힘들다는 것을 안다. 왜냐하면 그 사람은 내가 지금까지 만났던 사람 중 가장 좋아했던 사람이니까. 놓치고 싶지 않았던 사람이니까. 내가 다시 이런 사람을 만날 수 있을지 자신을 의심하게 될지도 모른다.

지나온 시간을 돌아보면 늘 그런 의심의 연속이었다는 것을 깨달을 수 있다. 이 사람보다 더 좋은 사람을 만날 수 있을까 좌절했지만, 지금의 새로운 사람을 만나게 됐다. 그리고 또다시 이별했지만, 그때와 마찬가지로 당신은 지금의 이별을 이겨내고 새로운 사람을 만나게 될 것이다. 당신이 지나온 시간이 그것을 증명하고 있다.

이 사람은 이제 날 사랑하지 않는다는 것을 인정하고 더 좋은 사람을 만날 수 있을 거라는 확신을 자신에게 준다면 이별을 받아들일 수 있을 것이다. 그렇게 가슴이 찢어지도록 아팠던 이별은 그저 한 사람이 내 곁을 떠났을 거라는 사실이 될 뿐이다. 그리고 이제는 아픈 기억을 좋은 추억으로 간직할 수 있게 된다. 당신은 이별을 이겨낼 것이다. 그만큼 강한 사람이니까.

자신을 의심하느라 지금 떠난 사람과의 시간 속에 가두지 않기를 바란다.

# 당신이 소중한 사람이라는 걸 잊지 말 것

한 사람을 만나기 시작하면 자신의 모든 기준을 상대방에게 맞추는 사람을 종종 볼 수 있다. 그 사람이 너무 소중하거나 그 관계가 너무 소중해서 자신을 희생해가며 사랑하는 사람이 보통 그렇다. 자신의 삶에 이 사람이 사라져버릴지 모른다는 불안감 때문에, 늘 이 사람의 곁에 있고 싶다는 마음 때문에 자신보다 상대를 먼저 생각하고 그 사람에게 맞춰가며 살아가는 것이다.

그런 이들에게 꼭 하고 싶은 말이 있다. 제발 그러지 않았으면 한다. 이 관계가 소중하다면, 그 사람을 놓치고 싶지 않다면 더더욱. 이 관계를 위해 나를 희생하면 희생할수록 관계는 오히려 망가질 뿐이다. 상대방을 위해 마음을 주기만 할수록 상대방은 그 마음에 고마움을 느끼고 그만큼 돌려주려고 하기보다 익숙해지기 마련이다. 사람은 원래 주는 것보다 받는 것에 쉽게 익숙해진다. 그게 더 편하니까.

내가 무엇 때문에 상대방을 위해 희생했는지 되돌아보자. 마음을 준 만큼 상대에게 사랑받고 싶은 기대감을 채우기 위해서였을 것이다. 내가 상대방에게 해준 만큼 돌려받을 것은 아닐지 몰라도, 반이라도 사랑을 돌려주기를 바라는 마음이었을 것이다. 여기서 알아야 할 건 사랑받기 위해 자처했던 희생은, 오히려 상대방이 나에게 사랑을 주지 않게 되는 반대의 결과를 만든다. 호의라는 건 거듭될수록 상대방에게 권리로 인식되기 쉽고 그만큼 사랑을 주기보다 받는 것에만 익숙해지게 된다. 내가 준 만큼 무언가를 받는 건 쉽지 않은 일이다.

결국 원인은 자기 자신을 사랑할 줄 모르는 것에서 비롯된다. 내가 나를 충분히 사랑하지 못하니 상대방에게 받는 사랑을 통해 자신의 가치를 확인하려고 하는 것이다. 잘 생각해보자. 나를 충분히 사랑했다면 그렇게까지 상대에게 사랑을 갈구하고 희생했을까.

매력적인 사람에게 끌리는 이유를 생각해봐도 이와 같다. 자신을 충분히 사랑하기 때문에 자기 자신을 더 가치 있게 꾸미는 사람일수록 우리는 더 끌리게 된다. 나의 외모를 가꾸든 운동을 하든 있는 그대로 자신감이 넘치든. 그들은 누군가에게 사랑받기를 바라기보다 있는 그대로의 자신을 사랑한다. 언제나 나 자신이 가장 소중하다. 그렇게 자신을 사랑하고 믿게 되면 상대방에게는 더 매력적인 사람으로 비추어지게 될 것이고 더 사랑받을 수 있다. 상대방에게 사랑을 갈구할수록 멀어지게 되는 법이고 나를 사랑할수록 더 사랑받게 되니까. 사랑받기 위해 먼저 누군가 사랑하기보다 나를 먼저 아껴줘야 한다는 사실을 잊지 말자.

# 연인과 오래 만나는 방법

친구 커플에게 그런 질문을 받아본 적이 있다. 서로 이렇게 사랑하는데 어떤 다툼이나 차이 같은 것들 때문에 금방 헤어질까 봐 너무 두렵다고. 오래 연애하는 비법이 있다면 뭐라고 생각하냐고.

대부분의 연인이 결국 이별을 맞이하는 이유는 성격 차이 때문일 것이다. 그런데 분명 충분히 서로를 알아가기 위한 시간을 가지고 연애를 시작하게 됐는데 왜 그때는 알아차리지 못했던 성격 차이를 연애하고 난 뒤에나 알아차리게 되는 것일까. 그에 대한 대답으로 나는 애초에 서로에게 호감을 느끼고 관계를 만들어나갈 때 제대로 상대방의 모습을 들여다보지 않기 때문이라고 생각한다. 아니 오히려 그보다 나만의 이상형을 그려놓고 그 모습을 상대방에게 투영시키는 경우가 더 많다. 즉 판단하려고 하기보다 이 사람에 대한 나의 호감이 너무 크기 때문에 좋은 모습만 보려고 하는 것이다.

정작 연애를 시작하고 더 가까운 사이가 될수록 그 콩깍지는 벗겨지게 된다. 그리고 내가 그 사람에게 투영시켰던 모습이 아니라 진짜 모습을 알게 된다. 그 모습이 내가 원했던 모습이 아닐 때 실망하고 서서히 마음이 뜨기 시작하면서 이별을 생각하게 된다. 그럼에도 불구하고 여전히 이 사람을 소중하게 생각하고 오랜 시간 함께 하고 싶다면 이걸 기억했으면 좋겠다.

사랑은 이해의 과정이라 생각한다. 그 사람을 무조건 한없이 받아들이라는 것이 아니라 이 사람의 모습이 내 이상형이든 아니든 이 사람을 그 자체로 사랑하기 때문에 오래 곁에 머물고 싶다면 그 사람의 가치관을 이해해야 한다.

내 기준에서는 이해할 수 없는 그 사람의 행동들을 틀린 것으로 볼 것이 아니라 이 사람은 나와 가치관이 어떻게 다르길래 이런 행동들을 하는지 이해하려고 노력하는 것이다. 내가 원하는 모습이 아닐 때 우리는 그것을 자연스럽게 잘못된 것으로 판단하게 되고 나아가 그 사람마저 잘못된 사람이라고 생각하게 된다. 그런 생각은 곧 사랑을 처참히 망가뜨린다. 하지만 그저 나와 다르기 때문에 그런 일이 생긴다는 걸 받아들이면 이야기가 달라진다. 무엇이 다르기 때문인지 이해하려고 들기 시작하기 때문에 더 자세하게 상대방을 이해할 수 있게 된다. 상대를 더 자세히 알수록 서로 믿음은 깊어지며 사랑 또한 더 굳세질 것이다.

서로를 이해하는 연인들은 쉽게 다투지 않는다. 나와 다른 상대방의 삶을 이해하고 또한 받아들인다. 나의 모습 또한 숨기지 않는다. 있는 그대로의 나를 표현하고 상대방 또한 그 모습을 받아들이게 된다. 그렇게 둘은 서로 날이 갈수록 깊어지며 없어서는 안 될 영혼의 단짝이 되어가게 된다.

수많은 사람과 상담을 하며 헤어지지 말아야 할 연인들이 헤어지는 경우를 너무도 많이 봤다. 대부분 서툰 나머지 내 감정을 기준 삼아 섣불리 판단하며 행동하다 보니 늘 나쁜 결말을 맞이하는 경우였다. 하지만 내 감정을 우선시하는 것이 아니라 이해가 먼저 앞선다면 오랜 시간 행복한 연애를 이어갈 수 있다. 부디, 세상에 많은 연인이 서로의 사랑을 차마 전달하지 못한 채 비참한 결말을 맞이하지 않기를 바랄 뿐이다.

연애는 혼자 하는 게 아니라
둘이 하는 것이다.

여기 한 연인이 있다. 남자는 다툴 때면 시간을 가지자고 말하고 여자는 바로 그 자리에서 해결하기를 바란다. 누구 하나 잘못됐다고 말할 수 있는 건 아니지만 굳이 나에게 어떻게 다투는 것이 더 원만하게 갈등을 해결할 방법이냐고 묻는다면 나는 시간을 가지는 편이 좋다고 한다. 다투는 그 순간에는 감정에 지배당한 상태라 이성적으로 상황을 보기 어렵기 때문이다. 시간을 충분히 가짐으로써 감정을 조절할 필요가 있다.

당장 문제를 해결하고 싶은 입장에서 답답할 수는 있겠지만, 이 사람이 정말 우리들의 문제를 해결하려고 노력하고 있다는 걸 조금만 이해해보자. 그럼 그 시간이 그렇게 답답하고 화가 나기만 하지는 않을 것이다. 시간을 가지자고 하는 사람도 바로 풀기를 바라는 사람도 원하는 것은 같다는 걸. 방법이 다를 뿐, 둘 다 문제를 해결하기를 원하고 있다. 그 사람 또한 우리의 관계를 위해서 노력하고 있는 것이니까.

나만의 방식을 상대방에게 강요하기보다 상대방의 목소리에도 귀를 기울여주고 내 감정에 지배되기보다 우리 관계가 더 좋아질 방법이 무엇인지 고민하는 것. 그게 진정 관계가 더 돈독해지는 방법이다. 너무 많은 사람이 자기 이야기만 하느라 상대방의 의도나 마음은 무시해버리고는 한다. 너무 사랑하기 때문에 내 목소리에 귀를 기울여줬으면 하는 마음은 이해한다. 하지만 배려라는 건 나의 욕심을 조금 내려놓고 한 발자국 나아가 들어주고 안아주는 것이라는 걸 알았으면 한다.

# “나는 원래 이래”가 아닌, “지금부터 노력해볼게”

나는 개인적으로 연락, 표현 같은 것들은 연애에 있어서 정말 중요하다고 생각한다. 사랑한다면 표현하는 것. 몸이 떨어져 있을 때 꾸준한 연락을 통해서 상대방을 걱정시키지 않는 것. 이건 사람 개개인의 차이가 아니라 연인 사이라면 당연하게 지켜야 할 예의의 문제라고 생각한다. 하지만 그렇다고 연락이나 표현이 뜸한 사람들을 비난하고 싶은 것은 아니다.

어떤 사람은 핸드폰을 잘 확인하지 않는다는 이유로 연락에 소홀하기도 하다. 그리고 어떤 사람은 부끄러움이 많아 표현을 잘하지 못한다고 한다. 연락이나 표현을 중요하게 생각하는 나의 입장에서 이 사람들을 부정적으로 생각하냐고 묻는다면 그건 또 아니라는 것이다.

왜냐하면 내 생각에 그들은 나쁜 마음을 가지고 그러는 게 아니라, 그러한 종류의 애정표현에 최선을 다해본 경험이 없을 뿐이기 때문이라고 생각해서다. 잘못된 가치관을 가진 것이 아니라 그러한 종류의 노력을 아직 경험해보지 못했기에 서투른 것으로 생각한다.그렇기에 내 연인이 만약 연락이나 표현에 서툴다면 이렇게 말해주기를 바란다.

"지금부터 너를 위해서 노력해볼게."

난 원래 그렇다고 말하지 않고 너를 위해 노력하겠다고 말하는 것이다. 그런 모습에서 나오는 노력이 연인 사이의 더 단단한 결속을 만들어주니까 우리 함께 노력을 통해 이 사랑을 가꾸어나가 보자고.

# 만나지 말아야 할 사람과 만나야 할 사람

연인 상대로 최악의 상대를 하나 꼽자면 나는 융통성이 없는 사람을 꼽고 싶다. 자기만의 고집이 확고하고 상대방과 맞춰갈 줄 모르며 자신이 아는 세상이 전부인 사람. 보통 우리들은 이런 사람을 꼰대라고 부른다.

사람은 누구나 자라온 환경이 다르다. 그렇기에 우리가 모두 서로 다르다는 것을 받아들이고 서로에 대해 이해하며 살아가야 한다. 그런데 그동안 자신이 내려온

결론만이 옳다고 착각하며 이를 강요하는 사람이 있다. 그런 사람은 절대 만나지 말아야 한다고 생각한다. 그런 사람 옆에 있으면 나마저도 그런 편협한 사람이 되어버리기 때문이다.

연애는 단순히 한 사람을 만나는 일일 뿐만 아니라 이 사람과 함께 서로를 이해하며 성장해 나가는 일이기도 하다. 연애를 통해 우리는 한 발자국씩 나아가며 더 성숙해진다. 그런데 그런 사람 곁에서는 이기적인 그 사람의 태도 때문에 감정적인 고통을 겪을 뿐만 아니라 나의 가치관마저 더 협소해지고 좁아지기만 한다. 연애를 통해 성장하는 것이 아니라 오히려 퇴보하게 된다.

그렇기에 나는 여러분들이 섬세한 사람을 만났으면 좋겠다. 여기서 말하는 섬세함이란 남들보다 몸에 밴 자상함이나 매너 같은 것이 아니다. 상대방의 관심사나 사소한 생각 같은 것까지도 자세하게 봐주는 그런 사람을 의미한다. 즉 타인의 생각을 더 자세하게 알고 싶어 하고 나와는 어떻게 다른지 알아가며 그를 통해 상대방을 이해하려고 노력하는 사람을 의미한다. 그런 사람과 연애를 이어가면 나 또한 존중받는 느낌이 들고 나아가 행복한 연애를 할 수 있게 된다.

좋은 사람을 만나면 계속해서 좋은 사람만 만나게 된다.

그 사람을 통해 나 또한 누군가를 이해하는 법을 배우게 되고

그 배움을 통해 내가 누군가에게 좋은 사람이 되고

결국 헤어지게 되더라도 성장한 만큼

또다시 좋은 사람을 만나게 되기 때문이다.

한 번 좋은 사람을 만나면 반복해서 좋은 사람만 만나게 된다.

나는 당신이 꼭 좋은 사람을 만났으면 좋겠다.

연애라는 건 단순하게 한 사람을 만나는 것이 아니라 나를 더 성숙하게 만들기도 하고 나를 더 못난 사람으로 만들기도 하는 일이다. 그렇기에 누군가를 만난다는 건 참, 중요하고도 신중한 선택이다.

# 충분히 애썼다는 걸 안다

세상은 때로 내 맘처럼 흘러가지 않을 때가 있잖아.

꽤 괜찮은 사람으로 살아왔다고 생각했는데

최선을 다해 잘해왔다고 생각했는데 눈앞에 보인 결과는 나를 너무나 비참하게 만드는 그런 때 말이야.

그런 때면 혹시 너 자신을 자책하고 있지는 않아?

나는 고작 이 정도밖에 안 되는 사람인 걸까.
이런 생각으로 자신을 더 미워하며 슬퍼하고 있잖아.
그리고는 모든 걸 내려놓고 싶다는 생각도 들겠지.

하지만 그런 생각 한번 때문에
무너지지 않았으면 좋겠어.

그 한 번의 좌절이
너의 모든 가치를 결정하는 게 아니야.

어쩌면, 지금 네가 느끼고 있는 힘듦 역시도
과정일지 몰라.

좋은 대학을 목표하며
12년의 학창 시절을 보내는 과정도

좋은 기업에 취직을 꿈꾸며
스무 살 청춘을 견뎌낸 것도

또 좋은 가정을 꾸리기 위해
지독한 사회생활을 해내는 것도

뒤돌아보면 무언가를 끝내면
우린 늘 새로운 것들을 시작해왔잖아.

결국 끝나는 건 없고
모든 건 너에게 과정이었을 뿐이라는 거야.

결과를 보기 전에는
그게 끝이고 전부라고 생각하지만

그것 역시 과정이 되고
다시 결과를 반복하는 과정이 되는 거야.

만약 지금 네가 느끼는 우울함과 슬픔이 정답이라면
이미 너무 많은 사람들은 포기하고 멈췄을 거야.

하지만 많은 사람들이 멈추지 않고 다시 나아가는 건
그 사람들이 너보다 강해서,
네가 느끼는 힘듦을 느끼지 못해서가 아니야.

그럼에도 불구하고 모든 건 끝나기 마련이고
우리는 다시 나아갈 수 있기 때문이야.

지금 네가 겪는 좌절이, 힘듦이 전부가 아니라는 걸
알아줬으면 좋겠어.잠시 멈춰있는 것뿐이야.

충분히 아파해도 괜찮고 충분히 힘들어해도 괜찮아.
네가 아파하고 힘들어하는 것도 당연한 과정이야.

그걸 잊지 않았으면 좋겠어.

남들은 모르는 비밀을 하나 말해줄까?

우리는 기분이 좋은 걸 느껴봤으니까
기분이 나쁘다는 걸 알잖아.

또 맛있는 음식을 먹어봤으니까
맛없는 음식을 알기도 해.

너의 힘듦 역시 그래.
네가 힘들지 않고 잘하고 있다는 걸 느껴봤으니까
네가 힘들다는 것도 느끼는 거야.

만약 네가 잘하지 못했다면
좋은 결과를 만들 수 없는 쓸모없는 사람이었다면
넌 지금 힘들지 않을 거야.

하지만 지금 네가 힘들다면
반대로 잘하고 있다는 증거야.

그러니까 충분히 힘들어하는 널 위로해줬으면 좋겠어.

그리고 언제 그랬냐는 듯 잘할 테니까
의심하지 않았으면 좋겠어.

넌 지금도 충분히 잘하고 있으니까.

# 나 싫다는 사람에게 매달릴 필요 없다

떠나간 연인을 붙잡고 싶어지고 보고 싶은 그 마음, 이해한다. 하지만 그 사람이 지금 당신 곁에 없는 이유는 상대방은 당신을 보고 싶어 하지 않기 때문이다. 냉혹하게 들릴지 몰라도 이게 진실이다. 당신이 그 사람을 그리워하는 만큼 상대방은 당신을 생각하지 않는다는 것이다.

상대방이 당신이 보고 싶었다면 당신이 보고 싶다고 말했을 때 당장 달려오지 않았을까. 다시 돌아와달라고 말했을 때, 미안하다고 이렇게 혼자 덩그러니 남겨두어서 잘못했다고 말하며 달려왔을 것이다. 하지만 그러지 않고 있지 않은가. 인정해야 한다. 당신의 아픔이나 외로움 같은 건 아무 상관 없다는 듯 그 사람은 당신을 이렇게 홀로 남겨두고 떠나갔다.

그럼에도 불구하고 당신이 이렇게 계속 미련을 갖는 이유 또한 안다. 이 관계를 끊고 싶지 않기 때문에. 혹시나 다시 이 관계가 이어지지는 않을까 막연한 희망을 품고 있기 때문일 것이다. 하지만 가슴 아프게도 상대방이 당신에게 원하는 건 완벽한 끝이다. 이 사실을 받아들이고 인정해야 한다.

당신이 그 사람을 사랑하는 만큼
그 사람은 당신을 사랑하지 않는다.

아니, 오히려 당신의 사랑을 받는 것조차 부담스러워
이젠 곁을 떠난 것이다.

나는 그 사람에게 사랑이라는 말로 마음을 주지만
상대방은 부담이라는 말로
당신의 마음을 받아들인다.

이제 놓아주자. 당신의 사랑이 누군가에게는 부담이 될 수도 있다는 사실을 인정하자. 끝난 인연을 억지로 잡으며 누군가에게 부담을 줄 시간에 나를 돌아보자. 사랑받고 싶어 하며 발악하는 건 그만두고 자신을 사랑함으로써 외로움과 결핍을 채워주자.

자, 한 번 세게 넘어졌으니 이제는 다시 앞으로 나아갈 차례다.

# 이별 후 자존감을 되찾게 해주는 조언

이별 직후 버림받았다는 느낌이 들 것이다. 그럴 만도 하다. 그 사람의 삶 속에서 함께 살아가며 오랜 시간 익숙해졌으니까. 다만 알아야 할 것이 하나 있다. 잠시 그 사람의 삶을 함께 경험하며, 그 사람의 곁에 머물다가 온 것이지 버림받은 것이 아니다. 버림받은 게 아니라 당신이 그 사람의 옆에 머물다 이제 다른 곳으로 발걸음을 향한 것이다.

당장은 그 사람과의 이별이 내 탓 같고 내가 잘못한 것만 같고 내가 이기적으로 굴어서 생긴 비극적인 결말 같을 것이다. 제발 나한테서 문제를 찾지 마라. 그 사람이 떠난 이유는 여러 가지 상황이나 어려움 때문에 그런 것이다. 당신이 가치 없는 사람이기 때문에 그런 것이 아니다.

당신의 생각처럼 내가 가치 없는 사람이었더라면 애초부터 그 만남이 시작조차 하지 못했을 것이다. 잘 돌이켜보면 연애를 하던 순간에도 이기적이었던 날도, 잘못한 날들도 많았다. 하지만 그 사람은 그럼에도 불구하고 당신 옆에 함께 있었다. 나라는 사람이 별로라서가 아니라 단지 그 사람이 변했을 뿐이다.
지금 누군가가 당신을 떠났다는 이 상황으로 당신의 가치를 결정하지 않기를 바란다.

내가 사랑받을 자격이 있는 사람인지 아닌지는 그 누구도 대신 정해줄 수 없다. 내 가치는 내가 정하는 것이다. 세상이 끝난 것이 아니라 그저 한 사람이 떠나간 것뿐이다.

# 4장

# 좋은 사람이 된다는 것

# 매력적인 사람이 된다는 것

이번 장에서는 매력에 관한 이야기를 주로 해보려고 한다. 먼저 누구에게나 매력적으로 보일 수밖에 없는 사람들의 공통점에 관한 이야기이다. 외모가 예쁜 사람, 말을 예쁘게 하는 사람, 자기관리를 잘하는 사람, 책임감이 있는 사람, 자신감이 있는 사람, 센스 있는 사람 등. 이것들은 사람마다 가질 수 있는 '특징'이자 구체적인 행동에 불과하다. 그저 외모가 예쁘고 말을 잘하는 건 매력처럼 비치는 것일 뿐, 매력이라고 단정 지을 수는 없다.

누군가가 나에게 지금까지의 인생에서 가장 열심히 하고 많이 해본 일이 뭐냐고 물어봤던 적이 있었다.

"유신 씨는 뭘 가장 열심히 해본 거 같아요?"

내 입 밖으로 나온 말 한마디는 지금의 내가 있기 위한 시발점이 됐다. 난 평생토록 사람에 대한 관심을 가장 많이 가져왔다. 사람에 대해 공부할 수 있는 인문학과 철학, 윤리, 심리학 책을 읽고 오랜 시간 영업하는 일을 병행했다. 나 역시 누구나 학창 시절에 고민하는 '잘하는 일을 해야 해요? 좋아하는 일을 해야 해요?'라는 고민을 했다.

난 언제나 사람을 만나는 일이 좋아하는 일이었고, 좋아하니까 자연스레 관심을 가질 수밖에 없었다. 이런 관심은 어릴 적 '내 꿈'과 깊은 관련이 있었다. 난 언제나 매력적인 사람이 되는 걸 꿈꿔왔었다. 그저 어릴 때는 좋은 아빠가 꿈이었지만, 이제는 좋은 아빠가 되기 위해서는 좋은 사람이 먼저 되어야 한다는 것을 안다. 그리고 좋고 나쁘다는 것을 쉽게 규정지을 수 있는 것도 아니고.

나라는 사람은 누군가에게는 좋은 사람이기도, 또 다른 타인에게는 나쁜 사람일 수 있다. 하지만 나는 한평생 내 사람들에게만큼은 좋은 사람으로 비치길 바랐고, 그러기 위해서는 '매력 있는 사람'이 되어야 한다는 것을 깨달았다.

매력적인 사람과 좋은 사람이 같은 것이라니 조금은 의외라고 생각할 수도 있다. 매력이라는 것 역시 굉장히 상대적인 것이다. 누군가에겐 매력적으로 보일 수도 또 누군가에게는 매력적으로 보이지 않을 수 있으니까. 매력이라는 건 도대체 어디서 나오는 걸까?

매력은 대부분 사람들이 잘하지 못하거나 어려워하는 것을 해내는 과정의 결과를 뜻한다. 누군가 토익점수 900점을 받았다면, 우린 결과를 바라보며 자연스레 그 사람의 똑똑한 두뇌, 혹은 꾸준한 인내심과 노력을 떠올린다. 그리고는 긍정적으로 평가한다. 대학교의 학생증은 어떤가. 직장인의 목에 걸려있는 사원증은 또 어떻고. 심지어 예쁜 외모를 봐도 그렇다. 잘 관리되어 있는 하얀 피부, 옷이 날개가 되어주고 있는 것만 같은 깔끔한 스타일, 자연스러운 웨이브가 떨어지는 브라운 헤어, 오똑한 코와 깊은 눈, 앵두 같이 촉촉한 입술. 예쁘고 멋있다는 결과를 얻기까지 그 사람의 숨은 노력과 꾸준한 관리 과정을 무의식적으로 생각한다.

외모, 학벌, 돈, 성격, 사람마다 중요하게 생각하는 것들이 있으며 이것을 잘하는 사람을 보면 우리는 매력적인 사람이라고 느끼게 된다. 그리고 그 과정에서 '옳은 방향'으로 그것을 잘 해낸 사람을 보면. 우리는 좋은 사람이라고 판단한다.

여기 평소 토익 공부를 열심히 하는 A라는 사람이 있다. 그는 어떤 사람을 새로 알게 됐는데, 그 사람의 토익 점수는 980점이라는 사실을 알게 됐다. A는 즉시 관심을 가지며 작게나마 그를 향한 동경심을 가질 가능성이 매우 크다. 그러나 그 사람이 사실은 부정행위를 통해 980점을 받은 거라면 어떤 생각이 들까? 즉시 반발심을 가질 것이다. 심하게는 혐오심마저 들 수도 있다.

옳은 과정으로 만들어낸 결과가 아니기 때문이다. 또 성형을 해서 예뻐진 사람을 봤을 때도 그렇다. 성형에 대한 부정적 인식을 지닌 사람이라면 그 사람의 외모를 인정하지 않을 것이다. 그러나 부정적 인식이 없다면 그저 예쁘다는 생각을 할 것이다.

이렇듯, 우린 대부분 사람들이 해내기 어려워하는 것이나 해낸 사람을 매력적이라고 느낀다. 또한 그걸 얻기 위한 과정에서 저마다 생각하는 올바른 과정이라고 판단하면 좋은 사람이라 생각한다.

중학생 시절 도덕 시간에 자아성찰이라는 것을 배운 적이 있었다. 20살이 되면 한 사람의 인격이 완성된다는 내용이었다. 그렇게 자아성찰이 되는 것이라고. 그러나 나는 그렇게 생각하지 않는다. 내가 뭘 좋아하는지. 뭘 잘하는지. 뭘 하고 싶어 하는 사람인지. 뭘 싫어하는 사람인지 등. 그런 것들은 20대 후반이 되어서야 구분하고 인지하게 되는 것 같다. 중고등학생 때는 나를 알아가는 것보다 좋은 대학에 들어가는 것이 중요하다고 판단한다. 또한 대학생이 되어서도 내 전공이 나에게 맞는 것인지를 고민하지만, 자격증이나 취업 준비에 정신이 없을 것이다.

그렇게 20대 중반까지는 나보다 목표를 우선하여 스스로를 되돌아볼 시간은 충분치 않다. 20대 후반이 되어서야, 나를 충분히 알아가며 나의 매력을 갖추게 된다. 그러나 분명 나이가 어린데도 불구하고 매력적인 사람은 존재한다. 그들은 분명, 가장 효율적이고 빠른 방법으로 매력을 갖춘 게 분명하다.

딱 두 가지가 충족되면 누구나 매력적인 사람이 될 수 있다. 첫 번째는 내가 좋아하는 매력과 남들이 좋아하는 매력을 갖추기 위해 닥치는 대로 노력하는 것. 그리고 두 번째는 결과가 아닌 과정을 들여다보는 것.

대부분의 사람은 저 두 가지 중 한 가지가 생략되기 때문에 매력적인 사람으로 발전하지 못한다. 누군가는 노력하는 게 귀찮고 힘드니까 포기한다. 또 다른 누군가는 '어차피 잘나고 예쁜 사람 많잖아' 라고 생각하며 결과만을 바라본다.

내가 아는 지인 중 B는 늘 생각이 많다. 뭔가를 하려고 할 때마다 너무 똑똑해서 그것을 하면 안 되는 이유를 10가지도 넘게 알고 있다. 한 번은 금융에 관련된 AFPK 자격증을 준비할까 고민을 얘기한 적이 있었다. 난이도가 엄청 어려운 자격증은 아니었음에도 친구는 자격증을 따지 않았다.

"생각해보니까 자격증을 따도
그게 전부가 아니더라고."

라는 말과 함께였다. 결과가 아닌 과정을 들여다보다 보면 포기를 하는 일이 줄어든다.

"어차피 자격증 딴 사람도 많은데… 해봤자 되겠어?"

"어차피 예쁜 사람들 많잖아.
내가 노력한다고 되겠어?"

"노력해봤는데, 그건 타고나야 하더라."

개인적으로 인생에서 이 마인드만 버려도 반 이상은 간다고 생각한다. 매력을 기르는 과정에서도 이는 똑같다. 타인을 봤을 때, 나보다 예쁜 사람. 나보다 옷을 잘 입는 사람. 나보다 재주가 좋은 사람. 나보다 많은 자격증을 가지고 있는 사람. 나보다 눈치가 빠른 사람 등 잘난 사람은 너무 많다. 하지만 정작 우리는 그 사람들이 그 결과를 불러오기까지 얼마만큼 노력했는지는 모르고 있다. 그저 남들에게 비치는 결과만 생각하며 나의 과정과 비교한다. 제대로 된 비교는 결과와 결과를 비교해야 맞는 것 아닐까. 노력하는 과정은 아직 미미하고 보잘것없는 게 당연하다.

이 사실을 인지해야 포기하지 않는 동력이 생긴다. 포기하지 않으면서, 중요하게 생각하는 것들을 최대한 많이 부딪혀본다면 어느새 매력적인 사람이 되어 있다.

그러나 애석하게도, 절대 포기하지 않는다고 전부 가능한 것은 아니다. 선천적인 재능 때문에, 누군가는 하루 만에 하는 것을 어떤 사람은 1년이 걸려도 못 한다. 나는 이 사실을 비교적 일찍 깨달았다.

난 정말 노래를 못했는데, 내 친구 중 한 명은 노래를 그냥 잘했다. 그 친구와 같은 노래방에서 같은 노래실력으로 보이기까지. 그 친구는 그저 3분 동안 노래를 불렀지만 나는 3년이 지나도록 노래를 배워야만 했다. 그래야 막 그 친구의 발끝에 미칠 수 있었다.

이렇게 재능이 있는 사람을 볼 때면, 또다시 약해진다. 그런데, 선천적인 재능이라는 것도 발견했다는 결과 아닌가? 내 친구는 노래를 잘한다는 것을, 노래방에 가서 발견했을 뿐이고. 나는 아직 내 재능을 발견하지 못했을 뿐이다. 나도 발견하면 된다. 그래서 최대한 많이 부딪혀봐야 하는 것이다. 내가 아무리 노력해도 뭔가 진전이 없으면, 빨리 포기하는 게 낫다. 그리고 다른 것에 또 부딪히고 잘하는 것들을 깨우쳐가면 된다.

꼭 예쁘게 치장할 줄 알고, 옷을 잘 입는 것만이 매력이 아니다. 눈에 보이는 것뿐 아니라, 눈에 보이지 않는 것들도 매력이 된다. 내 친구는 자격증을 따기까지 위에서 말한 2가지 중에 아무것도 하지 않았다.

만약 그 친구가 자격증을 땄다면, 난 그가 매력적인 사람이 될 수 있었을 거라고 생각한다. 자격증이 무슨 매력이 되냐고 생각할 수 있지만, 우리는 대화를 통해 타인에게 매력을 느끼는 부분이 많다. 자신이 자격증을 따기까지 포기하지 않는 인내심. 미래를 준비하는 사람이라는 계획성. 이게 타인에게 매력으로 영향을 끼치는 거다.

과정을 이겨내야 결과가 만들어진다.

그리고 타인은 그 결과를 바라보며 나의 과정에서 '매력'을 느낀다.

# 호감을 사려고 하는 사람이 아닌
# 호감이 가는 사람

우린 남들에게 인정받는 것을 꽤나 중요하게 생각한다. 어릴 적엔 부모님의 인정, 학창 시절엔 친구들의 인정. 사회에 나와서는 윗사람에게 받는 인정에 매달린다. 나 역시 어릴 때부터 그저 말 잘 듣는 아이로 자라왔다. 부모님으로부터 듣는 인정의 말 한마디가 나를 세상을 다 가진 것처럼 행복하게 만들었다.

"우리 아들이 제일 잘했어. 엄마는 너무 기뻐."

처음으로 친구들과 작은 집단을 이뤄갈 때는 나를 좋게 봐주는 게 그저 좋았다. 말을 잘 들어주고, 공감해주면서 즐거운 시간을 함께 보내는 친구. 그게 가장 좋은 친구라고 생각했다. 친구가 고민을 이야기할 때면 그 누구보다 진지하게 같이 고민했다. 그렇게 친구들은 나를 좋은 사람이라고 생각하며 늘 호감을 가졌다.

사회에 나와서도 별반 다르지 않았다. 회사가 요구하는 자격, 상사가 까다롭게 생각하는 기준을 눈치채고 맞추면 충분했다. 회사와 사람마다 다르겠지만 기준이라는 건 언제나 존재했다. 그리고 그 기준에만 부합하면 난 호감 가는 사람이 됐다.

우린 늘 남들에게 인정을 받는 방법을 학습한다. 그러다 보면 타인의 기준에 맞는 노력을 하는 것이 옳다는 생각을 가지게 된다. 그리고 이런 생각은 거기서 그치는 것이 아니라 습관으로 자리잡는다. 이 방법은 타인에게 인정받는 데 있어 굉장히 효과적인 건 분명하다.

하지만 이성에게 호감을 사는 일도 이와 같을 거라고 착각하는 경우가 많다. 나는 남들에게 인정받는 것과 호감을 사는 것이 다를 게 없다고 생각했다. 그저 남들의 기준에 맞춰서 말을 예쁘게 하고, 예의 바른 모습을 보여주고, 잘 배려하는 것처럼 대부분의 사람들이 좋아하는 것들이나 옳다고 생각하는 것들을 지킨다면 그것이 곧 호감을 사는 방법이라고 생각했다.

하지만 이것은 엄연히 호감을 사는 방법이 아니라, 인식을 사는 것이다. 말을 예쁘게 하는 사람을 보면 '말을 참 예쁘게 하는 사람이네? 되게 좋은 사람이다.'라는 생각이 든다. 배려를 잘하는 사람을 보면, '배려심이 참 깊다. 굉장히 이타적이네?' 하는, 좋은 사람이라는 인식을 줄 뿐 사람의 감정을 움직이는 호감을 얻지는 못한다.

호감이란 상대방의 행동을 이성적으로 판단했을 때 드는 인식 따위가 아니다. 논리와는 다른 감정이다. 감정적으로 이 사람이 끌리고 좋은 사람이라고 느껴지고 존재감이 있다고 느껴지는 것이다. 이성관계에서 호감의 감정은 더욱더 중요하다.

내가 아는 지인 중 두 사람이 있다. A는 늘 다른 사람을 의식하며 최대한 사회적인 규범을 잘 지키면서 살아가는 사람이다. 어렸을 적부터 선생님이 하지 말라고 하는 것은 철저하게 지켰으며 남들이 옳다고 생각하는 기준에 맞춰 살아왔다. 실제로 A와 이야기를 해도 나를 참 많이 배려해주고 맞춰준다는 생각이 강하게 든다. 하지만 안타깝게도 이 친구를 보고 있을 때면 참 좋은 사람이라는 생각은 들지만 그 이상의 감정은 없다.

그러나 B는 자기가 좋아하는 것과 싫어하는 것에 대한 선이 분명하다. 남들을 의식하며 맞추기보다 자신을 좀 더 신경 쓴다. 마음에 들지 않는 남자에게 오는 연락은 일절 답장하지 않는다. 가기 싫은 술자리에 가는 경우도 없다. 자기를 좋아해주는 사람보다 스스로가 좋아하는 사람과 시간 보내기를 좋아한다. 난 B를 보면 남들에게 인정받는 사람이 아닌 남들을 인정하는 사람이라는 생각이 들었다. 그 결과 이 사람에게 궁금한 마음도 생겼다. 더욱 시간을 함께 보내고 싶다는 호감도 들었다.

이 둘의 차이가 바로 남에게 호감을 사려고 하는 사람과 호감이 가는 사람의 차이를 보여준다. B의 행동 중 답장하지 않는 태도는 나름대로 자기 주관을 확실하게 지키는 것이다. 이것들은 타인으로 하여금 실망을 갖게 만들 수 있다. 그러나 감정은 논리가 아니지 않은가?

저런 행동은 '예의'라는 기준에 맞춰 볼 때는 적절하게 보이지는 않는다. 하지만 예의라는 것도 사람의 '인식체계'가 만든 것 아닐까? 마치 약속에 늦으면 안 된다고 생각하는 무언의 약속처럼. 그러나 사람들은 이런 약속을 잘 지키거나 괜찮은 사람이라는 생각이 든다고 해서 마음이 움직이지는 않는다.

적어도 이성관계에서 더욱 중요한 건 인식보다 감정이다. 사회에서 마주치는 사람들에게는 그저 좋은 사람이라고 생각들 수 있는 기준만 신경 쓰면 되지만, 정말 이성적으로 끌리는 데에는 중요하지 않다. 나만의 색깔을 가지듯 그저 솔직하게 나를 표현하는 게 더욱 매력적으로 보일 테니까.

# 매력적인 사람들의 특징

원고작업을 하던 중 굉장히 눈에 띄는 여성이 있었다. 옷매무새가 정돈되어 있었고 왠지 모르게 호감이 가는, 매력적인 분위기의 사람이었다.

나는 삼십 분쯤 그녀를 관찰했다. 커피 마시는 모습, 다른 사람들을 흘겨보듯 쳐다보는 모습, 친구와 카톡을 하면서 변화하는 표정 등 굉장히 많은 모습을 볼 수 있었다. 나는 직감적으로 사람을 가리지 않는 사람이라고 판단했고, 그 사람에게 성큼 다가가 말을 건넸다.

"초면에 죄송해요. 혹시 지금 작업하시는 거 집중 안 되죠?"

그녀가 프리랜서라는 사실은 어렵지 않게 알 수 있었다. 테이블 위에는 깔끔하게 정리된 파일철과 노트, 아이패드와 맥북이 있었다. 그녀는 그것들로 번갈아 가며 디자인 작업을 하는 모양이었다. 내가 말을 건네자 그녀는 어색한 듯 대답했지만 나는 뒤이어 말을 붙였다.

"아 저는 심리 상담에 관련된 일을 하는 사람이에요. 나중에 책 쓰게 되면 이야기를 담아보고 싶은데 혹 괜찮으시면 5분 정도 쉴 겸 얘기 나눠도 괜찮을까요? 마침 커피 다 드셨으니까 제가 하나 사 올게요."

꽤나 당당하게 말하는 내 모습이 신기했는지 그녀는 웃으며 호의적인 반응을 보였다. 나는 커피를 가져온 뒤 자리에 앉자마자 꼬시려는 거 아니니까 걱정하지 말라고 장난치며 분위기를 환기시켰다. 일면식도 없는 사람이었기에 일에 관련된 질문을 던지며 대화를 이어나갔다.

"디자인 하시는 거 같던데... 일이 많은 편이세요?"

주문한 커피를 가져온 동시에 앉으며 말을 건냈고 그녀는 하기 나름이지만 일이 적은 편은 아니라고 대답했다. 우리는 일에 관련된 이야기를 화두로 시작했지만 요즘 어떤 스트레스를 받는지 전공은 어떤 걸 했는지 어릴 적 꿈은 어떤 것이었는지 평소엔 뭘 하면서 시간을 보내는지 등등, 굉장히 많은 이야기를 나눴다. 사실 말이 5분이었지 우리의 대화는 30분 넘게 이어지고 있었다.

대화를 하면 할수록 그 사람이 굉장히 매력적인 사람으로 느껴졌다. 나는 애초에 다른 목적을 가지고 있었기에 인터뷰해 주셔서 감사하다는 말을 마지막으로 연락처를 교환하거나 다시 만남을 가지지는 않았다.

다시 자리로 돌아와 깊이 고민했다. 처음 카페에서 볼 때부터 눈에 띄는 사람이었고 대화를 할수록 매력적이라고 느꼈다. 나는 지금까지 만났던 이성들을 돌이켜 생각해 보았다. 내 기억 속 매력적인 사람으로 남아있는 사람은 어떤 공통점이 있을까.

한잔 더 시킨 아메리카노의 얼음이 없어질 때쯤 그 답을 찾을 수 있었다. 매력적인 사람들의 공통점은 모두 '자신만의 색깔'이 존재한다는 것이다. 스타벅스를 떠올리면 가장 먼저 초록색이 생각나는 것과 같은 원리다. 실제로 스타벅스에 가면 초록색은 생각만큼 흔하지 않다. 매장에서 사용되는 초록색은 단 2%다. 우린 98%의 컬러를 기억하는 게 아닌 단 2%를 기억하며 강한 인상이 남게 된다.

매장에 들어서면 어디서나 볼 법한 비슷한 테이블. 우리 눈에 익숙한 바닥, 화려하지 않은 조명 등 그 어떤 것도 청담동의 화려한 카페에서나 볼 법한 샹들리에처럼 특별한 건 없다. 그러나 초록색. 딱 하나의 컬러는 분명 통일성을 가진다. 스타벅스의 텀블러, 로고, 머그컵, 직원들의 유니폼 등 수많은 컬러가 있지만 초록색만큼은 통일성을 가지는 것이다.

마찬가지로, 매력적인 사람들도 딱 2% 정도의 인상 깊은 색깔이 존재한다. 그것을 제외하고는 예쁜 말투, 예의 있는 자세, 타인의 말에 공감하는 리액션, 상대방을 기분 나쁘지 않도록 하는 배려 등 사회적으로 당연하게 생각하는 모습들은 그저 흔하게 볼 수 있는 가구나 조명의 인테리어처럼 다를 게 없다.

그러나 외적으로 비치는 이미지나 대화를 하며 느껴지는 분위기의 통일성은 개인마다의 색깔을 갖게 되고, 우린 그 부분을 매력적이라고 느낀다.

카페에서 얘기를 나눴던 여자의 매력은 어쩐지 연보라색의 우아한 라벤더 같은 매력이라고 느껴졌다. 겉으로 드러나는 분위기는 여성스러우나 도도하지 않았다. 표정이 굉장히 다양했으며 자기 자신을 솔직하게 오픈했다. 또 대화를 하면서 그저 리액션을 하는 게 아니라, 자신의 생각을 정확하게 표현했기에 '나한테 억지로 맞춰주고 있구나'라는 생각이 들지도 않았다.

기억에 남는 대화가 있다. 그녀에게 '본인은 예쁜 거 알고 있어요?'라며 장난스럽게 물어봤던 때였는데, 그녀는 '저요?'라며 살짝 미소를 보인 뒤 '노코멘트 할게요.'라는 말을 덧붙였다. 나는 그 모습이, 짧은 대답과 웃음, 시선을 아래로 떨어트리며 흡족해하는 모습이, 마치 이렇게 말하는 것처럼 보였다.

"남들이 예쁘다고 생각하든 말든 중요하지 않아요. 내겐 내 매력이 충분하니까요."

하지만 대부분 색깔이 뚜렷하지 않은 사람들은, 그저 호불호 없는 빨간색 장미를 좋아하는 것처럼 느껴졌다. 라벤더를 좋아하는 사람보다 장미꽃을 좋아하는 사람이 훨씬 많다. 개나리보다 장미꽃을 좋아하는 사람이 훨씬 많다. 또 목화꽃을 좋아하는 사람보다 장미꽃을 좋아하는 사람도 훨씬 많다. 대부분의 사람들이 예쁘다고 생각하는 것들, 매력적이라고 생각하는 것들을 좇기 바쁘다.

그러나 30분쯤 얘기를 나누며 봤던 여성은, 얼마만큼 많은 사람들이 좋아할 수 있는지를 생각하기보다 자신이 가진 특성과 특징을 고집한 것처럼 느껴졌다. 성별을 막론하고, 내가 지금껏 살아오며 '매력적인 사람'이라고 느꼈던 사람들도 똑같았다. 그들에게는 모두 '뚜렷한 사람', '특이한 사람', '생소한 사람', '익숙하지 않은 사람' 등, 다양한 느낌 속에서 그들만의 특별한 색깔이 있었다.

매력적인 사람이 된다는 건 분명 쉬운 일이 아니다. 나만의 색깔을 가지기 위해서는 나의 색깔이 뭔지를 알아야 하니까. 그러나 나는 수많은 사람들이 매력적인 사람이 되기까지 걸어간 발자취를 매우 많이 봐왔다. 사람마다 방법은 다를지언정 자신이 가고 싶은 방향에는 분명 가장 빠른 길이 존재한다.

이번 글에서는 색깔 있는 사람이 되기 위한 매우 구체적인 방향을 제시할 것이다. 내적 이미지와 외적 이미지, 성격, 습관, 가치관 등 모두가 다른 사람이지만 이 방향은 분명 공통적이다. 방향은 크게 2가지로 나뉜다. 눈에 보이는 것을 좇아가며 눈에 보이지 않는 것들을 채우는 방법, 또 눈에 보이지 않는 것을 좇으며 눈에 보이는 걸 채우는 방법.

나는 비교적 어린 나이의 사람들에게는 눈에 보이는 것을 좇아가며 채우는 방법을 추천하고 싶다. 반대로 20대 후반을 넘긴 사람이라면 눈에 보이지 않는 것을 좇아가며 채우기를 바란다. 비교적 어린 나이에는 나의 가치관이라는 게 자리가 잡혀 있지 않다. 내가 뭘 좋아하고 뭘 싫어하는지. 어떻게 삶을 살아가고 싶은지에 대한, 나름대로의 인생에 대한 정답을 내리기엔 부족하다. 그러나 20대 후반을 넘어서게 되면, 조금씩 내가 인생에서 중요하게 생각하는 가치관이 자리 잡는다. 그렇기에 나이마다 다른 방법을 적용해야 더욱 빠르다.

눈에 보이는 부분을 먼저 채운다면, 나의 헤어스타일과 메이크업. 패션 등 굉장히 다양한 것을 시도하는 것부터 출발한다. 외적인 자기관리를 할 때 다양한 시도를 해보는 것이 굉장히 중요하다. 그저 비슷한 셔츠를

입더라도 어깨 넓이에 따라 허리둘레에 따라 소매나 옷의 기장감에 따라 전부 다 다른 분위기를 연출한다.

또 헤어스타일을 손보더라도, 앞머리가 얼마만큼 길고 짧은지에 따라, 또 뒷머리는 어떤지, 숱이 적고 많은지, 컬러는 어떤지에 따라서도 전부 다양한 분위기를 연출한다. 사람들을 보다 보면 이상한 생각이 들 때가 있다.

"저 헤어스타일 너무 예쁘다. 나도 따라 해봐야지."
"저 모델 옷 너무 예쁘다. 나도 입어봐야지."

그들은 그렇게 누군가를 따라 한다. 하지만 현실은 그대로 따라 해도 그런 분위기가 안 나는 경우가 대부분이다. 우리는 보통 모델의 옷을 보며 단순하게 예쁘다고 생각하는 데에 그친다. 하지만 그 과정에는 수많은 시도가 있었을 것이다. 입어봤던 옷 중에서 가장 잘 어울리는 한 벌을 봤을 뿐이다. 또 여성이라면 공감할 만한 이야기 하나 더. 인스타그램에 올라가는 예쁜 사진 1장은, 몇십 장, 몇백 장의 촬영이 있었기 때문에 얻을 수 있었던 것 아닐까?

똑같다. 우리도 다양한 스타일을 최대한 시도해야 한다. 그러나 시도만 한다고 되는 게 아니라, 디테일을 캐치할 수 있어야 한다. 나에게 유독 어울리는 컬러, 나에게 유독 어울리는 매무새, 나의 라인을 잘 드러낼 수 있는 라인 등을 알아가면서 비로소 '나'를 가장 잘 표현할 수 있는 분위기라는 것이 완성된다.

복장이 달라지면 자세가 달라진다고 하듯 외적인 모습이 바뀌면 나의 성격이나 습관도 변화한다. 나에게 가장 잘 어울리는 분위기를 찾게 되면, 굳이 남들의 기준에 맞추며 나를 바꾸려고 하지 않는다. 왜냐하면 남들의 다 다른 기준보다 내가 만들어낸 분위기가 더욱 가치 있다는 것을 스스로가 인정하기 때문이다.

내가 말 한마디를 하더라도 남의 눈치를 살피기보다 나의 주장에 힘이 실리게 된다. 또 남이 나를 바꾸려 하더라도 적당한 수용이 가능해진다. 그 과정을 반복하면서, 자연스럽게 나의 생각이 강해지고 표현이 강해진다. 그렇게 나는 뚜렷한 색깔을 가진 사람으로 발전된다.

이번엔 반대로 눈에 보이지 않는 부분을 채우면서 눈에 보이는 것들을 채워가는 방향이다. 나이가 20대 후반에 들어서게 되면 가치관이 생겨난다고 했는데, 그땐 남의 눈치를 보지 않고 나의 가치관을 실현시키려는 노력이 필요하다.

나이가 들면 사람은 보수적으로 변하게 될 수밖에 없다. 내가 행동하는 것에 두려움을 느끼고 시도하지 않는 게 안전하다고 생각한다. 하지만 속으로는 저마다 옳다고 생각하는 것과 틀리다고 생각하는 것들이 존재하지 않을까? 그걸 시도하지 못하고 남의 눈치를 보기 때문에 점점 무난해질 수밖에, 더욱 평범해질 수밖에 없다.

이 사실부터 깨달아야 한다. 내가 특출난 매력을 가지지 못했다는 생각이 든다면 '나는 드러내기보다는 드러내지 않는 사람이었던 것 아닐까?' 하고. '그리고 대부분의 사람도 마찬가지가 아닐까?' 하고. 역발상이 필요하다. 반대로 내가 매력적인 사람이 된다는 것은, 나의 수관을 명확하게 밝히는 것이 전제되어야 한다. 그리고 이것들을 얼마만큼 '표현'할 수 있냐에 따라 매력도가 결정된다. 매력이 없는 사람은 없다. 그걸 표현할 수 있는 사람과 표현할 수 없는 사람뿐이다.

영국의 정치가 마가렛 대처는 다음과 같은 명언을 남겼다.

생각을 조심해라, 말이 된다.
말을 조심해라, 행동이 된다.
행동을 조심해라, 습관이 된다.
습관을 조심해라, 너의 성격이 된다.
성격을 조심해라, 너의 운명이 된다.

나는 이 말을 이렇게 바꾸고 싶다. 생각과 행동을 표현해라. 생각을 표현하면 행동이 되고, 행동이 모이면 습관이 된다. 그리고 습관을 표현하면 나의 성격이 된다. 그리고 그 성격은 나만이 가진 생각에서 출발한 매력과 같다.

고로 표현이 중요하다. 나의 가치관을 굉장히 다양한 방향으로 표현할 줄 아는 게 곧 색깔을 가진 매력 있는 사람이다. 나의 말투로써, 말의 단어 선택, 목소리, 자세, 표정, 습관, 패션, 메이크업, 등 표현할 수 있는 수단은 매우 많다. 저 남들에게 예뻐 보이기 위한 스타일을 찾고, 나의 말투나 행동을 신경 쓰는 게 아니다. 나 자신을 계속 표현함으로써 매력이 묻어나게 하는 것이다.

내가 좋은 사람이 되기 위해선 내가 좋은 행동을 할 수 있도록 행동하는 사람을 만나야 한다. 모든 사람에게는 이기적인 면이 존재하지만 그럼에도 이타적인 행동을 할 수 있는 사람이 있는가 하면 그저 이기적으로 존재하게 만드는 사람이 있다. 현실적으로 이기적으로 굴 수밖에 없게 만드는 사람을 만나서 멘탈을 잡고, 그럼에도 이타적으로 굴려고 노력하기보다. 내가 이타적으로 굴 수밖에 없도록 만드는 사람. 더 잘하고 싶게 만들어주는 사람. 나도 배려하고 싶게 만들어주는 사람을 만나는 게 훨씬 쉽다.

나를 한없이 이기적으로 만드는 사람을 계속 곁에 둔다면, 나도 모르게 이기적인 행동을 자주 하게 되고 그것이 습관이 된다. 그렇게 나는 좀 더 좋은 사람과는 거리가 멀어진다.

# 좋은 사람이 된다는 것

"너? 꽤나 이성적인 사람이지."
"너? 정이 많은 사람이야."
"너 진짜 착한 사람이야."

타인은 나를 비추는 거울이라고 한다. 우리는 각기 다른 페르소나를 가지고 있다. 직장 상사가 바라보는 나의 모습, 부하 직원이 바라보는 나의 모습, 친구들이 바라보는 모습, 연인이 바라보는 모습, 부모가 바라보는 모습 등 한 사람도 다양한 모습이 존재한다.

언젠가 어릴 적에는, 어떤 모습이 진짜 나일까? 나는 밝은 모습도 있고 내향적인 모습도 있다. 도도한 모습도 있고 때로는 조용한 모습도 있다. 그중 어떤 게 내 진짜 모습인지를 고민했다. 그러나 나이를 먹으며 새삼 깨닫는 건 모든 모습은 나일 뿐. 그것을 정하는 건 의미가 없다는 사실이다. 좀 더 익숙하게 많이 편안해진 모습을 진짜 모습이라고 착각했던 건 아니었을까.

나는 우리의 모습이 습관과 매우 닮아 있다고 생각한다. 어떤 특정한 행동을 반복하게 되면 습관이 된다. 흔히 볼 수 있는 다리 떠는 습관, 손톱을 물어뜯는 습관, 대화를 할 때마다 '이런 말 하긴 조심스럽지만...'이라고 덧붙이는 습관 같은 건 여러 번 어떤 행동이 반복되어 무의식적으로 생긴 습관이다.

사람의 모습 역시 그러하다. 어릴 적부터 밝은 모습으로 지내온 아이는 커서도 밝은 모습이 가장 강하게 보일 가능성이 높다. 또 보수적인 부모님 밑에서 자라 눈치를 보며 기죽은 아이는 사회에 나와서도 남의 눈치를 자주 볼 확률이 높아진다. 밝은 사람도 어두운 면은 존재하고 눈치를 보는 사람도 눈치 보지 않는 면도 존재한다. 다만 어떤 모습이 더욱 습관처럼 익숙하게 자리 잡는지에 따라 그 사람의 모습은 결정된다. 바로 이 부분을 통해 좋은 사람이 되는 방법 한 가지를 알게 됐다.

좋은 사람이라는 것은 결국 좋은 면을 많이 가지고 있는 사람, 그리고 그것이 잘 드러나는 사람이다. 부정적이기보다 긍정적인 사람. 비관적이지 않은 사람, 늘 안 될 이유를 찾기보다 될 이유를 만들려고 노력하는 사람, 합리화하지 않는 사람, 자존심을 세우지 않는 사람, 허례허식을 멀리하는 사람. 이것들은 전부 좋은 사람을 가리키는 수식어다.

내가 만났던 사람들 중 적어도 책을 가까이하는 사람들은 늘 자기 자신을 고양시키고 좋은 사람이 되기 위해 노력하는 경우가 많았다. 책을 통해 학습하는 것도 중요하지만, 관계를 경험하면서 좋은 태도로 타인을 대하는 연습을 하는 것도 매우 중요하다.

스스로에게 놀랐던 적이 있었다. 평소 말을 예쁘게 하려고 노력하고, 타인을 대할 때도 실수하진 않을까 늘 조심하며 행동한다. 어떤 친구와 일주일 전부터 약속을 잡고, 하루 전날에도 스케줄을 다시 체크하며 2시에 보기로 했다. 나는 약속 시간보다, 항상 5분~10분 정도 일찍 도착하는 데 익숙하다. 그러나 약속 시간 15분 전 급하게 전화가 오며 30분 정도 늦을 것 같다고 말했다.

평소 약속 시간을 매우 중요하게 생각하는 터라 그 말을 듣자마자 나도 모르게 '미친 거 아니야?'라는 말을 내뱉었다. 그리고 그 사람을 만나는 시간까지 나는 굉장히 부정적인 생각만을 많이 했다. '일찍 나와봤자 아무 소용없네?', '나도 똑같이 대할까?', '그냥 가버릴까?' 이런 생각을 하는 건 당연할지 모른다. 또 어떤 누가 들어도 내가 그런 말이 나올 수 있다는 걸 쉽게 이해할 것이다. 하지만 시간이 지나면서 나는 스스로 했던 생각과 말이 부끄러워졌다.

"왜 내가 이런 생각과 못된 말을 해야 하는 거지?"

적어도 나는 세상의 도를 깨우친 석가모니나 예수가 되진 못한다. 또 그렇게 살고 싶은 마음도 없다. 나는 이날부터 이 친구를 멀리하고 지금까지 본 적이 없다. 나는 그 사람도 최대한 배려하며 좋게 행동하고 싶지만 그런 내가 되기에는 너무 힘들었으니까.

내가 좋은 사람이 되기 위해선 내가 좋은 행동을 할 수 있도록 행동하는 사람을 만나야 한다. 모든 사람에게는 이기적인 면이 존재하지만 그럼에도 이타적인 행동을 할 수 있는 사람이 있는가 하면 그저 이기적으로 존재하게 만드는 사람이 있다. 현실적으로 이기적으로 굴 수밖에 없게 만드는 사람을 만나서 멘탈을 잡고, 그럼에도 이타적으로 굴려고 노력하기보다. 내가 이타적으로 굴 수밖에 없도록 만드는 사람. 더 잘하고 싶게 만들어주는 사람. 나도 배려하고 싶게 만들어주는 사람을 만나는 게 훨씬 쉽다.

나를 한없이 이기적으로 만드는 사람을 계속 곁에 둔다면, 나도 모르게 이기적인 행동을 자주 하게 되고 그것이 습관이 된다. 그렇게 나는 좀 더 좋은 사람과는 거리가 멀어진다.

사람은 끼리끼리 만난다는 말이 있다. 세월이 흐를수록 정말 뼈저리게 공감되는 말이다. 내가 잘하고 싶게 만드는 사람을 곁에 둘수록 계속 좋은 사람들이 내 옆에 오는 걸 체감한다. 나를 이기적으로 굴 게 만드는 사람. 내가 나쁜 생각과 행동을 하도록 만드는 사람은 자연스레 멀어진다.

“내가 좋은 사람 되어, 내게 좋은 사람 오길.”

적어도 이 말이 내 이야기가 되려면 내가 좋은 생각과 행동을 할 수 있도록 만들어주는 사람을 계속 곁에 두어야 한다.

# 내일의 내가 되기
# 어제보다 나은

"멘토? 내가 만났던 여자친구 전부가 다 멘토였어."

언젠가 한 번, 친구들과 수다를 떨면서 멘토에 관한 이야기가 나왔다. 내 인생의 정답을 알려주고 훌륭하게 이끌어줄 수 있는 사람. 친구는 그런 사람이 내 곁에 있으면 참 좋겠다는 말을 했다.

"아 진짜 부럽다... 나는 왜 만나는 사람마다 이상한 사람들만 만나지? 난 이제, 여자친구를 못 믿는 건지 여자친구를 만나는 나를 못 믿는 건지도 모르겠어."

이렇게 말하는 친구의 말에 나는 공감할 수 없었다. 돌이켜보면, 나한테는 여자친구만 한 훌륭한 멘토가 없었으니까. 스쳐 지나가듯 내가 인생에서 선택을 하는 데 있어 도움을 주는 사람. 생각하지 못한 것들을 알려주는 사람들은 있었지만 내가 나 스스로를 좀 더 믿고 자신감을 가질 수 있도록 영향을 준 건 모두 여자친구였다.

지난 장에서 좋은 사람이 되어가는 과정은 내가 좋은 행동을 할 수 있도록 만들어주는 사람이라고 말했다. 사람마다 인생의 운은 달리 오겠지만, 내 인생의 가장 큰 행운은 여자친구였다. 물론, 만나는 사람마다 분명 객관적으로 좋은 사람들이라고 말하기엔 어려웠다. 사회의 시선으로 바라볼 때, 굉장히 나빠 보일 수 있는 사람들도 만났다.

그러나 누구를 만나든 바뀌지 않는 게 하나 있었다. 그 사람을 폄하하며 나쁘게 생각하는 게 아니라 멘토라고 생각하는 거였다. 안 좋은 모습을 보든 좋은 모습을 보든 배울 점은 늘 있었으니까. 그런 생각이 더 좋은 사람을 만날 수 있는 과정이 되었던 듯하다.

나는 늘 애인을 만날 때마다 배움의 자세로 임했다. 그 사람이 실망스러운 행동을 하면, '상처가 되니까, 나는 똑같이 행동하지 말아야지.'라고 생각했다. 또 나에게 감동을 주는 때가 있다면 '정말 감동적이네? 다음에 나도 똑같이 해 줘야지.'라고 다짐했다. 그 사람에게 이해받는 게 아니라 이해하려고 노력했고 나를 다독여 주길 바라는 게 아닌 다독이려 노력했다. 참 신기하게도 새로운 사람을 만날 때마다 사회적으로나 개인적으로나 더 훌륭하다고 느껴지는 사람을 만나게 됐다.

어떤 인연을 만났을 때 그 사람과 평생을 함께하리라고는 아무도 장담할 수 없다. 그렇게 결혼을 약속하더라도. 끝내 쓰라린 이별을 맞이하는 경우도 있고, 영원한 우정을 약속하더라도 절교를 하는 경우도 허다하다.

연애뿐만 아니라 모든 관계는 감정으로 대하는 것만이 전부가 아니다. 머리는 차갑게, 마음은 뜨겁게 유지해야 관계의 온도는 따듯하게 유지된다. 애초에 내가 좋은 생각과 행동을 할 수 있도록 만들어주는 사람을 만나는 게 최선책임에는 틀림이 없다. 그러나 나도 좋은 사람이 되어가고 어제보다 나은 내일의 내가 되는 건 통제가 필요하다. 나라면 그렇게 하지 않았을 거라는 생각이 들면 그렇게 하지 말아야 한다. 또 내가 감동을 받았다면 나 역시 그렇게 해주고 싶다는 생각과 마음을 가지는 게 결국 나를 위한 길이다.

이 노력들이 쌓이면 쌓일수록, 상대방을 위해서 하는 행동이 다시 나를 발전시키고 좋은 사람으로 만드는 결과를 불러올 것이다.

# 에필로그

어릴 땐 세상을 잘 살아가기 위한 방법이 정해져 있다고 생각했다. 부모님의 말을 듣고 선생님의 가르침을 받으며 열심히 사는 사람이 행복한 인생을 살 것이라고 믿었다. 실제로 열심히 사는 게 정답이 아닌 건 아니다. 공부를 열심히 하고 일을 열심히 하고 시키는 걸 열심히 하는 삶은 좀 더 내 생활을 윤택하게 만들었으니까.

'시간을 들여 노력하고 꾸준히 반복하면 내 인생에도 분명 꽃이 필 수 있겠지.'

하지만 세상은 혼자 살아가는 게 아니다. 어디를 가나 사람이 있다. 학교에선 친구들과 선생님, 직장에서는 상사와 부하직원, 밖에서는 친구, 연인 등등. 사람이 없는 곳이 없다. 나도 남에게 뒤지지 않을 만큼 열심히 살았지만 관계에서는 항상 애먹을 때가 많았다. 더욱 좋은 사이를 유지하려고 최선을 다했지만 늘 쉽지 않았다. 내 인생에서 배운 것의 반 이상이 사람과 관계에 관한 것들이었음에도 불구하고.

어디 그뿐이었을까? 관계 중 가장 큰 감정이 섞이는 관계는 '연인'관계가 아닐까. 그나마 친구나 사회에서 만난 사람은 덜하다. 통념상 하지 말아야 할 것과 해야 할 것들을 배우고 지킨다면 문제가 벌어질 가능성은 적다. 말을 예쁘게 할 것. 겸손할 줄 알며 앞에서 해야 할 말을 뒤에서 하지 않을 것. 감정적인 모습을 보이지 않으며 계산적인 태도를 갖지 않기 등 많은 사람들이 옳다고 말하는 것들만 지킨다면 대부분의 관계는 문제가 생기지 않는다.

그러나 감정이 섞이는 관계일수록 더욱 어려움을 느낀다. 누구나 옳다고 이야기하는 것들 중에서도 저마다 중요하게 생각하는 가치관이 다르다. 우린 감정이 크게 오가는 사이일수록 더 부딪히기 마련이다. 같은 말을 하더라도, 말투가 중요하다고 말하는 사람과 의미전달이 중요하다고 말하는 사람. 문제를 바라봄에 있어 과정이 중요하다고 생각하는 사람과 결과가 중요하다고 생각하는 사람 등 너무 다른 부분이 많다.

나는 이 책을 통해 표면적인 관계의 이면에 있는 '차이'를 이해하고 타인을 받아들일 수 있는 본질적인 방법에 대해 말하고 싶었다. 사람들은 상처받기를 두려워

한다. 상처를 너무나 무서워하기 때문에 자신의 감정에 솔직하지 못하고, 타인을 대할 때 진심으로 마음을 주지 못한다.

진심은 언제나 통하는 법이라는 말이 있지만 이 말에 전적으로 공감하지는 않는다. 진심이라는 것은 '올바른 방법과 방향'으로 전해졌을 때 통한다. 언제나 통하는 게 진심이라면 적어도 사람이 쓰는 말 중 '오해'라는 말은 없지 않았을까. 사람 간에 진심은 분명 중요하다. 이 진심이 사람 사이의 관계를 더욱 끈끈하게 만들고 더욱 깊은 관계를 유지하며 우정과 사랑의 행복을 충분히 느낄 수 있도록 만든다.

여러분이 더 많이 사랑하고 더 많이 마음을 줄수록 상처받고 아파하는 게 아니라, 더 사랑받고 행복을 느낄 수 있길 바란다.

**더 성숙한 내가 되는 법**

**초판 1쇄 발행** · 2021년 5월 27일
**초판 2쇄 발행** · 2021년 12월 14일

**지은이** · 김유신
**펴낸이** · 떠오름

**기 획** · 손힘찬
**편 집** · 권희중, 최창원
**디자인** · 김은경
**마케팅** · 권민창, 서미태

**펴낸곳** · **주식회사 떠오름**
출판등록 제2021-000002호(2020년 4월 28일)
주소 서울특별시 서초구 강남대로 479, 비1층 122호
전화 070-4036-4586
팩스 02-6305-4923
이메일 tteoreum9@nate.com

**값** 14,400원

**ISBN** 979-11-970808-5-2 03800